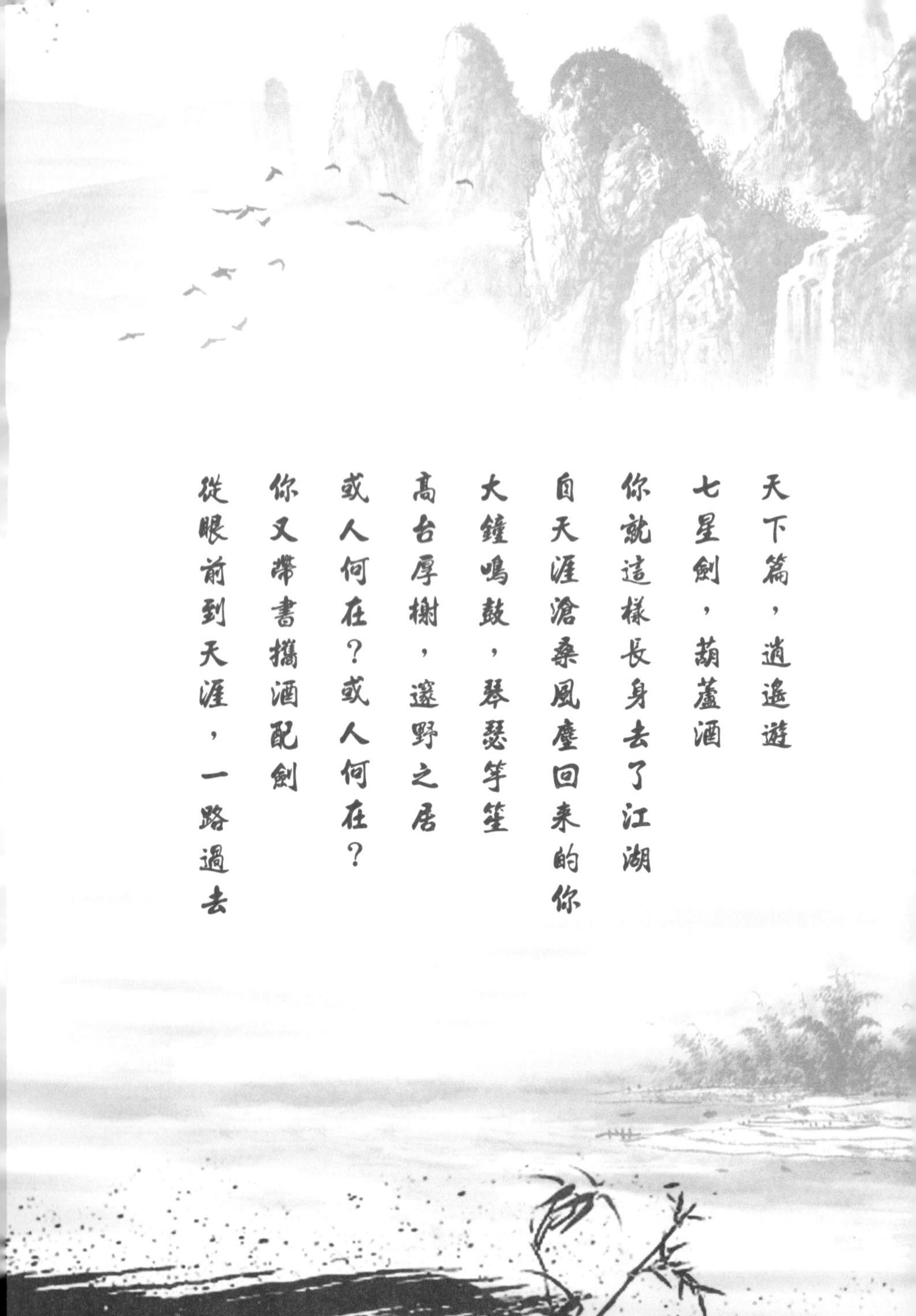

天下篇，逍遙遊
七星劍，葫蘆酒
你就這樣長身去了江湖
自天涯滄桑風塵回來的你
大鐘鳴鼓，琴瑟竽笙
高台厚榭，邃野之居
或人何在？或人何在？
你又帶書攜酒配劍
從眼前到天涯，一路過去

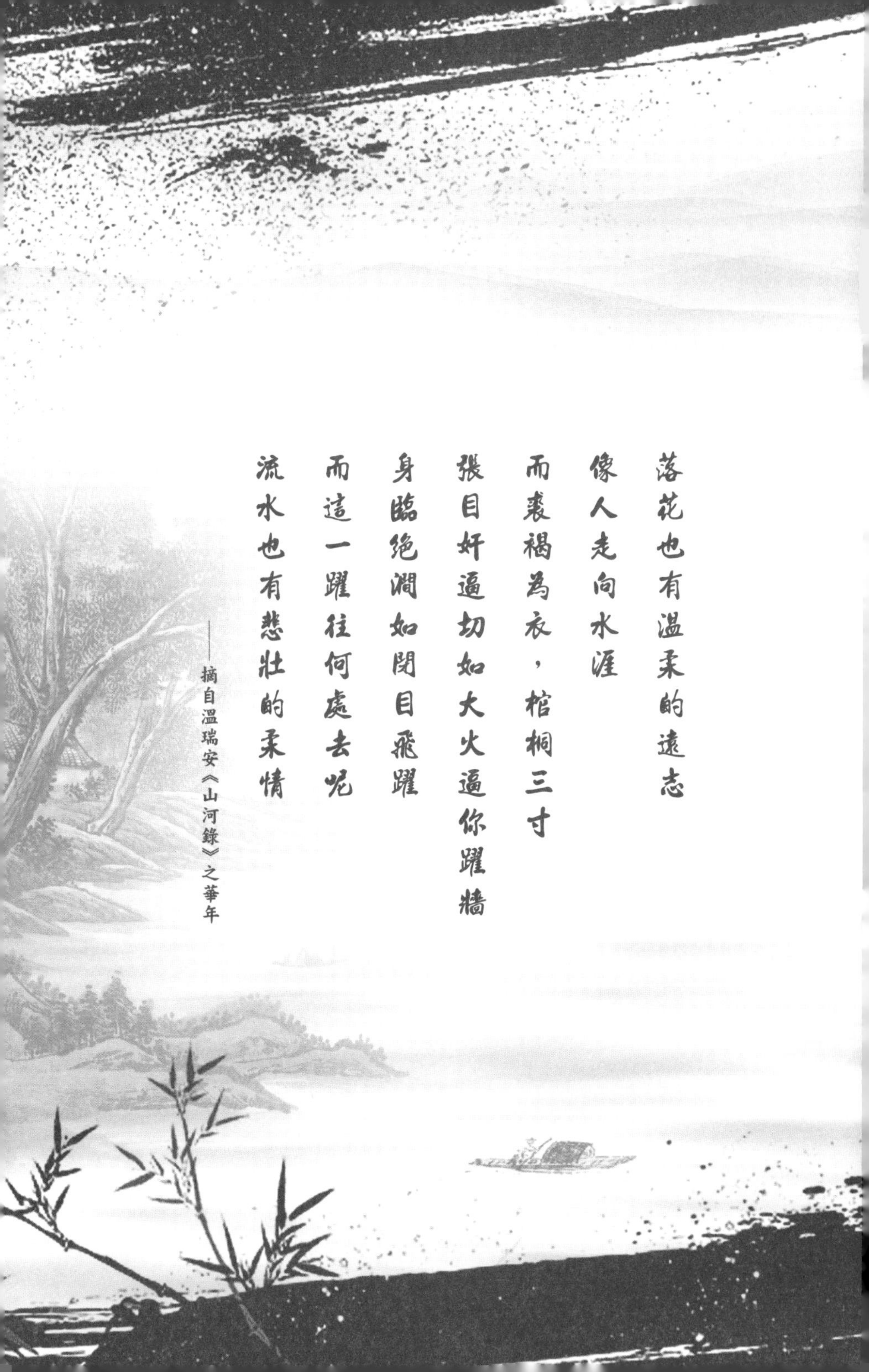

落花也有温柔的遠志
像人走向水涯
而裘褐為衣，棺桐三寸
張目奸逼切如大火逼你躍牆
身臨绝澗如閉目飛躍
而這一躍往何處去呢
流水也有悲壯的柔情

——摘自温瑞安《山河錄》之華年

武俠經典新版

傷心小箭

說英雄・誰是英雄系列

下

溫瑞安 著

誰是英雄系列

傷心小箭 下冊

目錄

第四篇　狄飛驚的驚

第二章　假如我是天子

八十五　機槍

「他們竟敢狙擊蔡京！」王小石相當驚訝：他自己也曾試圖打殺過蔡京，他的震詫是擔心多於驚心。

——因爲他知道：就憑唐寶牛和方恨少，還絕對惹不起蔡京這等人物！

他不希望他們「出事」。

因爲他們是他的兄弟。

兄弟是什麼？

——眞正的兄弟是永遠同一陣線，平時打罵無妨，一旦遇事，並肩作戰，共同進退，生死同心。

兄弟比朋友更有默契，意會多於言詮。

他曾跟這些「弟兄們」談笑之餘，比誰的鬍子多，誰的耳朵最長，也下賭注誰先討到個老婆。

——那一次，最自命風流的唐寶牛，人人都賭他贏不了朱小腰的芳心。

這可把唐寶牛氣火了！

「我神勇威武天下無敵宇內第一劍氣長江兩廣豪傑江山如畫英雄好漢闖蕩江湖神州無敵寂寞高手天下有雪絕代單騎刀槍不入倚天屠龍大俠傳奇十指琴仙唯我獨尊玉面郎君……（太長，不能盡錄，下略）唐前輩寶牛巨俠，」他吼道，是一次非常長氣的「吼」：「居然贏不得朱小腰對我的青睞，嘿，論魅力我有魅力，論長相我有長相，論英雄我說我是英雄……」

方恨少當時悠悠接了一句：「——你也算英雄，那大家都是狗熊算了！」

這一句，差點沒氣炸了唐寶牛。

其實，兄弟們就是要把他氣炸：也許，氣炸了這個人，才迫使他真的有勇氣去追求朱小腰，不再忸怩，不再退縮，不再一見佳人就當不了英雄只見臉紅！

他們之間，也比喝酒。

不是比誰海量：誰喝得多誰就是英雄，那只辱沒了「英雄」二字，酒量好的人也有膽小鬼。要靠酒氣才見出膽氣的，英雄有限；非喝酒不能當漢子的，只能算是酒鬼，跟英雄也沒關聯。

他們賭誰的酒量最差：
——果爾又是唐寶牛。
他最魁梧，酒量卻非常蚊子。
比吃飯，誰也吃不過張炭。
比丟書袋，當然是方恨少第一：雖然他的「引經據典」常引錯經、用錯典，反正，不是太多人聽得懂，更遑論去指正他了。
不過他也最窮，他自己形容窮得已開始嚼舌根充飢了：他自稱是「錢到用時方恨少」。
既然比吃飯吃不過張炭，比先醉倒又快不過唐寶牛，比睡覺又睡不過朱大塊兒，蔡水擇就比喝「粥」。
他喝粥比誰都快，還可以摻著幾塊地瓜一齊咕碌碌的灌下喉裡去，連吃飯吃得砍瓜吃菜的張炭都可從心裡佩服他，嘆爲觀止。
這些兄弟，跟他們在一起，真不愁寂寞，也不愁不熱鬧。
他們什麼都吵，什麼都比，甚至比誰的腳趾尾長，還比過誰的……鼻毛長。
不過，一旦遇事，他們又比誰都齊心、團結，就像一把裝上機關的長槍，平時使出來的只耍槍法槍花，一旦接上機關，射出來的卻是脫柄而出一擊必殺的箭槍！

他們的感情是那麼好，以致完全沒有妒嫉，所以反而什麼都可以拿來比：
——朋友之間，還會有一大堆「禁忌」，什麼可以說，什麼不可以問；但兄弟則早已知道什麼該說什麼該問，就算惹他生氣也能斷定對方只生氣到什麼程度。

可是他們現在卻惹上了彌天大禍：
他們不只是闖了龍八的家——
（要是只惹怒了龍八，都還可以化解。）
他們不只打了蔡京——
（惹上蔡京，只怕已極難平息干戈了。）
他們還竟打了這天底下決不能打的人、惹怒了天下最不能惹的人——
皇帝！

◇◇◇

到這個地步，王小石也不得不顫聲問：「……老唐和大方他們可……怎樣了!?」
無情道：「給抓起來了，沒死。」
王小石神思彷彿：「那麼……皇帝可有受到驚嚇？」

「不止。」無情冷峻地道：「萬歲爺還給方、唐二位揪在地上揍了一頓。」

忽聽「哈哈」一笑，原來是王紫萍聽得開心忘形：「我聽說這皇帝荒淫無道，自皇宮裡開一條地道到妓院裡，濫飲狂嫖；又把民間一切奇珍異寶，都下了封條，說是他的。他活該給人揍！」

王小石連忙喝止，但忽想來他姊姊也說的是，既然是對的，他就不能阻止了。

卻聽一陣拍手喝采聲，原來是何小河：「沒想到堂堂九五之尊，竟給咱們兩位兄弟打得個狗吃屎，嘻嘻，他們好威風啊！」

那個時候，說這種話，可不止要殺頭，還得要誅九族的。

無情道：「他們不僅打了皇帝一身，還揍了蔡京一頓。」

鐵手和冷血相覷一眼，鐵手沉聲道：「自古以來，皇帝、宰相在得勢當政時給國人同樣這樣捱揍，恐怕還是第一次。」

冷血只說了三個字：「好漢子。」

追命長吁了一口氣：「他們真的做到了。」

他們說這些話，也當然不止是殺頭的。

可是他們都說了。

——因為王紫萍說了，何小河說了，王小石也沒去制止，所以他們也立時表了態，說了類似的話。

那無異於表達出「站在同一陣線」之意。

他們是江湖上的好漢子。

他們永遠不使自己的朋友爲難。

他們不怕事。

他們甘冒大不韙：

所以他們不惜說了不該說的話。

——因爲他們當這些人是朋友。

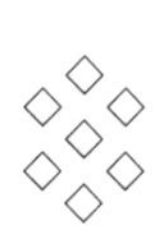

朋友！

除了兄弟之外，這兩個字最教江湖好漢、兒女巾幗熱血填膺，無懼生死！

無懼生死的結果，往往就是死。

命只有一條，誰都一樣，十分公平，犧牲掉了便沒有了。

——戰爭最可怕之處，是幾個野心家爲自己的私慾而送掉千千萬萬條別人的性命。

但對俠客而言，生命固然珍貴，但一如花只開一次，百年如一夢，與其苟且偷生，賴活殘喘，不如爲值得的事轟轟烈烈的燦爛而死，總勝委曲求全。

不明白他們想法的人總以爲他們傻。

他們是傻。

——可是世上若沒有這些傻子、傻事，這世界早已醜惡可厭得讓大家都一頭撞死算了！

◇◇◇

王小石知道了怎麼一回事。

他弄清楚了之後，反而沉靜了下來，半晌才問：「他們……人在哪裡？」

無情長長的睫毛眨動了一下：「『八爺莊』內，但你不能去——」

王小石一笑。

他的門齒白如淸淸河邊的卵石。

「我剛從那兒回來。」

無情當然明白王小石的意思。

但他搖首。

堅定的搖頭。

由於他有著比美麗女子更好看的樣貌，也有比好看女子更秀氣的五官，他這般堅定、堅決、堅淸搖首之際，很有一種決絕孤絕卓絕的男子氣慨。

「那是剛才，」他說，「現在不行了。」

「爲什麼？」王小石當然不是不明白，他只是不死心。

「因爲日間他們沒防備，」無情無情地道，「現在他們正等著你去。」

他補充道：「你沒有機會。」

王小石眉一皺。

他的人雖歷盡風霜、但依舊不改童真；他的樣子十分孩子氣，可是眉宇間又掩不住那一股英雄本色。當他的濃眉一蹙時，整個樣子就變得有一種受苦堅毅的表情了。

無情卻似完全無睹於他的「不服氣」：「這事情太難，你就算會使『驚艷一槍』，也闖不入『機房』，敵不過『七絕神劍』——何況那兒不止那七名絕世神劍手！」

「刀要磨才利，事要難才偉大，朋友要經衝突才見情誼；」王小石說，帶著苦笑和自嘲，「也許，這就是考驗的時刻吧。」

無情扳著臉孔道：「你現在去，只是送死。」

王小石笑了，反問：「要是現在老唐和大方換了鐵手追命，盛師兄還是這一個說法嗎？」

無情的眼神泛起了冷峻的笑意，冰一般的說，「我絕不去『八爺莊』救他們。你們今午能入，是因爲他們未加防範。那兩個荒唐的東西能混進去，是混水摸魚。現在，至少有七百名一流高手伺伏在那兒，你去了，只是製造多一些無辜弟兄們爲救你而送死。」

王小石訝然：「——你真的見死不救嗎？」

看他的樣子，真似殺了他的頭也不相信。

「我只是不去，不是不救。」無情悠悠的說，「後天他們就會押送方恨少、唐寶牛當街斬首！」

八十六　敵機

王小石聽清楚了，也弄明白了。

「不過，他們也一樣會在菜市口佈下天羅地網，只等人去劫法場。」無情冷酷的說，「殺人容易救人難，自古亦然。武學上本就講究料敵機先，但而今你已先機盡失，再要衝動行事，那只爲了那兩個活寶兒賠上全部好漢性命，犧牲而無所獲是瘋子才幹的事！」

王小石道：「要救人，也只我一個人的事。」

無情道：「但誰都知道你是『象鼻塔』的領袖。」

王小石：「今天我是，也許明天我就不是了。」

梁阿牛聽懂了王小石話裡的一些意思，大聲道：「小石頭的事，就是我們的事，就算你不認我們，我們也認定了，有禍大家擯著，有福不讓你一人獨佔！」

王小石道：「這畢竟是我個人的事……」

何小河蔑了蔑薄唇兒：「唐寶牛和方恨少，也不是你一人識得。你救得，咱們就救不得？」

王小石忽向蔡追貓和梁色長揖道：「有一件事，務要你們二位幫忙。」

梁色見王小石神色凝重，知道是非同小可的事，便說：「請吩咐。」

蔡追貓大目眨動，顫聲道：「只要我能辦得到的，一定遵命。」又解釋：「我聲顫不是怕，只是緊張。」

王小石的眼光向王天六和王紫萍那兒溜轉了一下，道：「你們腳程快，今晚就把我爹爹和萍姊送出東京，七百里疾奔投靠湖北『排教』中那位賣解的厲蕉紅厲二娘，她會幫我替他們找箇安置的地方。不管今生能否再見，小石都不忘兩位大德。」

蔡追貓的大眼睛又眨了眨，沒聽懂，「你……」欲問又止。

梁色卻說：「好，你放心吧，姓梁的姓蔡的，只要有命在，這事都扛下來。」

王小石看了蔡追貓和梁色好一會。

他滿目都是謝意。

但卻一個「謝」字都沒說出來。

他只跟四大名捕提出了一個要求：「待會兒，勞駕你們其中兩位，跟我到黃褲大道走一趟，可好？」

「好，」無情毫不猶豫，「你選誰？」

「鐵二兄，」王小石道，「還有崔三哥。」

鐵手即答：「可以。」

追命點點頭。

他們都沒問爲什麼。

可是王紫萍已忍不住了，她瞪著大眼，眼裡透露出比口裡吐出更大的疑問：

「誰要走了？」

「妳和爹爹。」王小石答。

「你不留我們？我們才重逢啊！」

「可是留在京裡不安全，還是走的好。」

「你不跟我們一起走？」

「不。」

「爲啥？」

「我留在這兒，還要幹點事。」

「你要這兩包東西送我們走？」

「不錯。」

「——他們？行嗎？」

「行。他們是我的兄弟。」

「我們是非走不可嗎？」

王小石吃力但也很用力的點點頭。

「因爲我們不走，石頭兒就會落入敵人的機關裡。我們是他的破綻，也是他的死穴。」王天六忽然巍顫顫的用左手緊搭住王小石的臂，右手抖哆著力握住王紫萍的手，蒼涼的說，「我們還是，走吧。」

王紫萍也明白了。

王小石這樣做，完全是情非得已。

——情非得已比身不由己更無奈。

剛重逢就要分手。

未敘親情已要走。

◇◇◇

鐵手和追命，跟王小石走到了黃褲大道。

大道正入夜，行人熙攘，檔攤擺賣，熱鬧非凡。

三人走到街心，王小石忽停了下來。

鐵手和追命也在他身後停步。

三人相隔，約莫七尺。

王小石突然回身，戟指叉腰，破口大罵，聲音從丹田逼出，洪發如雷：

「你們四大名捕是什麼貨色，竟然一點面子也不給，連我的兄弟也敢緝逮，你既初一，我便十五，好，從今之後，我姓王的跟你們一刀兩斷，是敵非友……」

一時間，街上的行人都凝住了，靜了下來，在聽王小石大／痛／怒罵名震天下的兩位名捕。

「——你們四隻鷹犬，爲官撐腰，助紂爲虐，跟王廷效死命，這種江湖敗類，才不是我王小石的什麼師兄弟，連當朋友都不配——」

說著，他運掌如刀，「啵」的一聲，竟揮掌「割」下自己的右爿袖子來，往地上一扔，還當眾大力的踩了幾腳，然後揚長而去。

眾皆嘩然。

——名動江湖的四大名捕，竟當眾受辱，遭人如此侮罵，難免使眾人都喁喁細語，議論紛紛。

鐵手和追命在人叢中，沒有答話，也沒回罵。

鐵手神色木然。

追命眼裡的滄桑之色更爲濃烈。

◇◇◇◇◇◇

在痛苦街那兒，冷血標槍般畢立在無情背後，問：

「他叫二哥三哥去做什麼？」

「——大概是去說幾句話。」

「幾句話？什麼話？」

「幾句表態的話。」無情淡淡的說，聲音裡已有了倦意，敢情剛才他所探得的情報，已耗了他不少心力。

但他始終沒有回首。

「……表態？表什麼態？」

「表示他是他、我們是我們的態度。」無情的聲調也不知是憂傷還是悠然的說，「從今而後，他做什麼，都自跟我們無關了。」

冷血忽然明白了。

因爲明白並不等於也同意，所以他說了一句不知是給他大師兄還是給他自己聽的話：

「世上的事，豈能說無關便無關的……」

話未說完，卻來了些氣急敗壞的人，說是要來急找王小石的。

——來的是「象鼻塔」的漢子，而且人到的時候已十一萬火急的樣子。

可惜王小石卻剛走了。

無情立即命冷血帶來人去黃褲大道找王小石。

但他們只遇上神色落寞的追命，王小石已經走了。

王小石也沒立即回返「象鼻塔」。

他跟梁色和蔡追貓去了東門。

他要目送父親和姊姊離城。

他又帶著傷感的心情，和梁阿牛及何小河到菜市口走了一趟，爲的是「勘察地形」。

他沒有想到有人這麼急著找他。

而且是爲了那麼急的事！

八十七 清白之軀

燭光瑩然。

溫柔挨在桌上，像突然間睡去了似的，那一張比嬰兒更純真的臉，卻有一個少女特有令人動心的艷。

窗外的夜在呼嘯。

白愁飛對這張美臉看了好一會，他心中確也有一場天人交戰：她那麼純潔，自己該不該玷污她呢？她原來跟自己是清清白白的，要不要爲逞自己一時之慾，而破壞了這種和諧關係呢？她原本就相當喜歡自己的，該不該因一時衝動，而少掉一個朋友多增一名敵人呢？

但他忽然想起王小石。

想到王小石，他就猙獰的笑了：

——王小石忒真多朋友、兄弟、貴人紅粉扶持啊，可是自己只要得到了溫柔，王小石就等於在他手上折了一個大跟斗。

那的確是件痛快的事。

他又憶及蘇夢枕。

念及蘇夢枕，他更得意的笑了起來。

——蘇夢枕到底死了沒有？不知道。他懷疑這早該病死了二十二年的人仍還沒有死，正在暗處伺伏一次對他復仇的機會，他覺得那是真的，不是多疑而已。他始終不信蘇夢枕真的會屍骨無存的死了，他不放心。但他也懷疑蘇夢枕就算死也會故意死得毀屍滅跡，讓自己一輩子不能安心，因爲他也找不到任何蘇夢枕能逃出去的機會。在這樣的疑懼中，要是把他的唯一小師妹姦污了，在心理上，是一個極大的勝利和極歡快的報復。

那的確是件再也愉快不過的事。

更重要還是：

他要她。

——她那麼美，微挺的胸脯，泛桃色的靨，光滑的柔膚，處子的幽香……他要定她了。

於是，他開始動手了。

動手去玷污一個純潔的女子。

一個淸白之軀。

突然驚醒。

迷迷糊糊的坐候了一陣，張炭幾乎是渾渾噩噩的就睡了過去，然後就好像是因爲做了一個惡夢（但那惡夢已完全不記得了，幾乎是一醒過來的剎間便已一點都不記得了）還是因爲真的警覺到了些什麼可怕的事而醒了過來。

他一醒來，就看見蔡水擇正似笑非笑的看著他。

他可登時惱火了。

他原本是個珍惜生命，不易瞌睡的人。沈虎禪沈老大告訴過他：太多睡眠是一種墮落，愈睡便愈墮落。一個人睡眠時間愈多，活的時間便愈少。人所估計的總比實際需要的睡眠更長得多，而又錯以爲睡得多便壽命較長、活得較好、身體較健康，其實這都是沒有根據的。有的人，一天睡兩三小時，便已足夠；有些人，兩三天睡一覺，就已太多。愛睡的人通常都不是勤奮的人，他們在清醒的時間也不見得會專心努力工作，而他們唯一可以不睡的時間都只爲了玩樂。

一個人心無大志、失望受挫的時候，反而容易長胖，因爲在心理上要多照顧自己一些，作為彌補，所以一定多吃多睡，所以肥胖絕對是一種病態。

張炭喜歡吃飯。他特別愛米飯，就像前世他放火燒了大家整個鄉的稻田或那裡的米倉似的，今世要逐粒逐粒、逐碗逐碗的鯨吞細嚼米飯，以作補償，以顯報應。他飯吃得多，又愛睏，自然就比較容易發胖。

所以他盡量讓自己少睡一些，多做些事，他用軟尺量過自己的腰圍，才二十餘歲就三十六吋以上的腰圍，使他實在也不敢自我恭維。

幸好他也是工作狂，成天把工作當作娛樂，他相信「捱」，捱，或者「熬」，而成功是要「捱」出來的，出頭是靠「熬」出來的。

在蔡水擇面前，他更不想瞌睡。

因為睡去是一種示弱。

他誠不願在一個他認為的「懦夫」面前示弱。

可是卻不知怎的，自從他跟蔡水擇在「老林寺」一役後，腦裡老是混混沌沌，心裡總渾渾噩噩，慵慵懶懶的，很愛睏覺，但一闔起眼皮，就會夢（抑或是見到）到一個臉上有疤的甜美女子。

——難道是那一戰裡，他的穴道因受「無夢女」挾制，反抗之下，發動「反反神功」，兩人一時竟黏在一起，分不開來，到最後雖然還是扯開了，但到底是不是她身上（心裡？）有些什麼，還未曾在自己體內扯掉：而自己也有點什麼，留在她那裡？

他自己也搞不清楚。

但他常睏。

常想念她。

常夢見她——以致他分不大清楚：究竟是因爲常睡而常遇見她，還是因爲他要常遇見她而常常睏著。

不過，他倒很討厭自己：竟在這重要而重大的關頭，居然睡著了。

——雖然只要稍有風吹草動，他即能警省，但在這要害關頭居然還有失神現象，他已覺得是奇恥大辱了。

不過這一次他做的是噩夢，並沒有夢到伊，因而使他更是煩躁了。

所以他兇兇的咄地問了回去：「你看什麼!?」

他最不喜歡別人在他累的時候、睡的時候望著他。

——自從「老林寺」一役後，蔡水擇曾給趙畫四踢傷了額，重傷仍未痊癒，能活過來已算奇蹟，臉上不知哪根筋可能給踹壞了，臉歪歪嘴斜斜的，身體兀自常發出臭味，頭髮也日見焦黃稀疏，成天有這樣一副不該笑時的慘兮兮笑容，張炭也懷疑他在笑時是不是真的在笑，在看東西時是不是真的在看。

蔡水擇好像一直在等他醒來，但又一直沒敢驚擾他——他知道張炭既看不起他，也討厭他，更未原諒他。

「我覺得有點不對勁。」

蔡水擇把聲音壓得很低。

「怎麼？」

張炭裝得毫不重視的問。

「這兒好像沒事，但外面的人，作了很大的調動，如果我沒有弄錯，他們正在佈陣。」

「佈陣？對付我們用得著那麼大陣仗？」

「不需要。」

張炭的懷疑是出自於「自量」。

蔡水擇的回答更是「實在」。

這樣一來，兩人的話就能更快速的接近主題：

「你是說……外面樓子裡人手的調動，不是為了我們？」

蔡水擇神色凝重的點頭，但臉上依然不改那詭異的笑容。

大堂內才幾根大火把獵獵晃動，以致巨大的陰影投射在二人臉上不住躍動，看去更是詭幻妖異無與倫比。

張炭深吸了一口氣。

「你的意思是：對付我們，只要白愁飛出手便可以了，用不著那麼勞師動眾。」

「就算鬼見愁不出手，他手上不管是雷媚還是『吉祥如意』，對付我們也綽綽有餘。」

「那麼，他們不是爲了我們，但又在我們進入樓子裡之後才調動主力，莫非是……」

他說到這裡，住了嘴，一時竟說不下去了。

——要不是爲了他們，還會爲了誰？

「所以不管是發生什麼事，」張炭馬上作出了反應和推論：「都不要驚動小石頭。」

這次蔡水擇搖首。

臉上依然帶著那半個詭笑。

張炭一臉不高興：「爲什麼：難道要王三哥來送死麼！」

「你別忘了，我們是爲什麼而進來的？」

「……溫姑娘!?」

「對。」蔡水擇慘笑道，「假使我們能爲了她而自甘送羊入虎口，要是她有難，王老三自然也不會袖手旁觀的。何況，溫姑娘在他心目中的份量何等之重，而且她也是蘇樓主的師妹……」

張炭悚然一驚。

此驚自是非同小可。

「這樣說來，溫柔豈不是……？」

他抬頭上望。

白樓頂層「留白軒」燈火依然溫暖，然而溫柔卻是不是已陷險境之中？

他再擰頭望向蔡水擇。

蔡水擇笑意更詭，眼神裡有比夜色更深更重更黑的隱憂。

這時候，在「留白軒」裡的白愁飛，已決定要盡情蹂躪這一朵嬌艷的鮮花，但他一時猶未決定：到底要滅了燈痛痛快快的幹她一番，還是讓燈亮著仔仔細細清清楚楚的享受這個女子，以致日後能記得每個淫辱一個美麗純潔女子的細節。

八十八　處子之身

在離「金風細雨樓」不過五里之遙的「象鼻塔」，「挫骨揚灰」何擇鐘還在呆呆的守著進出的要道。

由於太過無聊，他只好看自己的掌紋，翻來覆去的看，眉皺了又舒，蹙了又展，卻還是看不出一個所以然來。

這時，「象鼻塔」裡出去的人，陸續回來了：象鼻塔就好比一個親切的大家庭，在外面浪蕩夠了的孩子，始終還是要回到家裡來的。

這次回來的三個人，是「象鼻塔」裡三大精英份子，他們在白天分別給派出去，執行王小石一項佈署：

他們是：「獨沽一味」唐七昧、朱小腰和「活字號」溫寶。

他們說說笑笑，正跟商生石、秦送石、夏尋石等閒聊，經過何擇鐘身邊，看他在審視自己的掌紋，不免覺得好笑。

朱小腰故意把他的厚厚沉沉甸甸重重的手掌翻了過來，笑說：「來來來，讓我跟你瞧瞧……」

她本曾淪落青樓，會客人多了，自然懂得一點相人之法，掌相面相，也頗知法了，本來見何擇鐘戇得可愛，正想相贈幾句，但這一端視，只見此人厚實掌心，只有三道深深如刀雕的紋，其餘什麼都沒有了，登時無以發揮，知道眼前這人是個吃飽飯沒事幹至多是努力睡覺，別說大起大落大成大敗了，就連胡思亂想也付諸闕如的悶人，當下只好啐了一聲說：「哈！真簡單！日出日落，吃飯上床蓋被子，還看什麼掌相！」

何擇鐘也不以爲意，只咕噥道：「人生裡本就至簡單不過，生老病死，站起來、躺下去，管那麼複雜幹嗎？」

朱小腰只一笑，隨意的問了一句：「小老唐和黑炭頭呢？不是輪到他們換班的嗎？」

何擇鐘正想回答，溫寶卻笑了起來：「咦嘿，朱聖主居然這一回罣念起咱們的唐巨俠起來了，看來，唐大巨俠這一趟功夫和這一番苦心倒沒白費哩！」

朱小腰瞟了溫寶一眼，「你再油腔滑舌的，我就替你改一改字號。」

「改字號？根據河洛理數吧？」夏尋石居然聽到了也過來湊熱鬧，「是根據河洛理數改名字吧？我也會一些。」

朱小腰粉臉肅然，媚目含煞：「我只替他改一個字。」

溫寶哈哈笑道：「當然是『寶』字了，難道改我的姓不成！」

「你是『活字號』的吧？」朱小腰忽問了這一句。

「是……」

溫寶還未答完，朱小腰已說：「我替你改『活』成『死』！」

溫寶嚇得直吐舌：「嘩，嘩，嘩，朱聖主，我只開開玩笑而已，妳也犯不著如此認真吧？」

溫寶的樣子倒活像隻元寶，笑眉悅目，跟人笑鬧慣了，彷彿一天不捉弄人一下倒沒了個性似的。朱小腰跟他也鬧慣了，知道不能給這種人開頭就佔了便宜，所以更咄咄逼人、處處得理不饒人。

忽聽唐七昧低聲疾道：「噯，你看！」

眾人看去，只見一彷似人臉、十分靈黠的紅狐，一雙深眸正在街角黯處幽幽的看向這兒，帶點兒憂悒的藍。

朱小腰認得這是她上次在「小作爲坊」店裡放生的紅狐。

那頭狐狸也在看她，目光裡似透露了一種人的感情，依依不捨。

朱小腰一向不與人親善，就算對顏鶴髮有一種莫名的依戀之情，也僅止於深藏心底，此際卻對這頭紅狐產生了一種極大的親切，彷彿她是這紅狐的前世，而這紅狐正來看牠自己的今生。

人狐對望了一下，人有一些恍惚，狐有一些兒畏縮。

然後，這紅狐便沒入街角，消失不見了。

——也不知牠是怎麼進入這人口雜沓之地的。

——牠是一直躲在這兒？還是剛蹓了過來呢？

毫無來由的，朱小腰忽然念起了唐寶牛——這心情像是一個輕細的召喚。

輕細而深刻的召喚。

（也許是因爲當日她在「小作爲坊」遇伏時，唐寶牛也曾出力救過她和狐狸之故吧？他還爲她負了傷。）

所以她又記起了剛才還沒得到答案的問題：

「大方、小唐、黑炭、風火輪他們都到哪兒去了？」

她再次問何擇鐘。

◇◇◇

「發生了什麼事？」

吳諒敢情也發現不大對勁的樣子，於是低聲問蔡水擇和張炭。

張炭蔑了蔑嘴，說，「上面可能有事，咱們再藉故上去鬧一鬧。」

「剛才不是看過了嗎？沒事別惹事。萬一動起手來，不但吃不了兜著走，只怕溫柔也吃虧在眼前呢！」

他顯然十分反對。

「我就怕她已經吃虧了。」

蔡水擇沉聲說，張炭已經站了起來。

正在監視他們的利小吉、祥哥兒、歐陽意意立即有了警覺。

「什麼事？」

「我要上去。」

「剛才不是上去過了嗎？」

「我有一件事物，忘了交給溫姑娘。」

「『留白軒』是樓主重地，豈讓你說來便來，說去就去，上上下下沒止休的！」

「溫姑娘是你們樓主的貴賓，哪有不許她同來的人見面說話的道理！我們也是人客呀！」

張炭與祥哥兒爭辯了起來。

歐陽意意卻慵懶的說：「什麼東西？讓我替你交給她。」

「是貴重物品，萬一有個什麼閃失，」張炭冷笑，「你可擔待得起？」

歐陽意意變了變臉，卻沒發作，只說：「好，我先上去請示一下。」

其實，在這一刹，他心裡卻望：最好，我能得樓主下令，就把你殺得箇餵狗扒灰的！

蔡水擇長身一步，說：「請讓我們一齊上去。」

歐陽意意道：「不可能。」

吳諒道：「那就讓我們其中一個上『留白軒』。」

祥哥兒道：「不可以。」

張炭眼珠一轉，委曲求全的說：「那讓我們轉託你問溫姑娘一句話，總可以吧？」

歐陽意意尋思了一下，一時舉棋不定，利小吉道：「你且說說看。」

張炭頓時笑逐顏開，「拜託你們替我問問：溫姑娘要不要我們馬上把『吞魚集』送上來？」

利小吉怔了一怔，朱如是問：「『吞魚集』？」

張炭道：「對，是吞魚集。」

「什麼玩意？」

「不方便說。」

「不說不勉強。」歐陽意意心忖：反正問問也無妨礙，便說：「好，就替你問問。不過，我不一定問得到結果來。」

張炭涎笑道：「怎麼可能？他們就在樓上，歐陽護法這一問，沒有問不出答話來的事。」

「誰知道？」歐陽意意故意讓他們心急那麼一下，「也許他們已上了床、睡了覺呢！」

◇◇◇◇◇◇

白愁飛正把溫柔抱上床去。

溫柔恬睡過去一般，美麗的酡紅仍輕輕點絳在她的臉上，好像發夢也夢見糖果一樣的甜。

誰也看不清楚她是給點倒的，還以為她只是睡了過去。

白愁飛把溫柔放到床榻上，然後，還未替她寬衣，也未爲自己卻衣，他已一手迫不及待的抓在溫柔的雙乳上，好像生怕再過一會，煮熱的鴿子也會飛上了天似的。

他撫摸著那一對柔軟如乳鴿的胸脯，感覺到那處子之身的溫熱柔嫩，不禁深深的長吸了一口氣，身上某處突然熱了、硬了、挺了。

他不能再等。

不能再忍。

管它有什麼後果，這嬌嫩的鮮花，他是採定了；這美味的果實，他也吃定了。

就在這時，有人敲門。

有人以暗號敲響了門。

八十九　玉潔冰清

朱小腰聽罷了何擇鐘的轉述，只知道溫柔離開了「象鼻塔」，張炭、蔡水擇、吳諒三人都跟去了，唐寶牛和方恨少則跟王小石等一大早就出去了，除了白愁飛來瓦子巷鬧過一場之外，看來並沒有什麼特別驚險的事。

只不過，她仍是覺得有點憂心怔忡。

她忽然問了一句：「溫柔離開這兒的時候，穿的是什麼服飾？」

何擇鐘這可答不上來。

他一向沒有留意女人的裝飾。

但夏尋石雖然沒聽見溫柔跟張炭等人的對話，卻留意到了溫柔的穿著，於是說了分明。

「也就是說，溫柔是有刻意的打扮過了？」朱小腰蹙著秀眉，想、尋思、並且說：「她會去哪兒？」

然後她轉身望向溫寶和唐七昧，發現平時戲謔的溫寶，現在變得神色肅穆；平常冷漠的唐七昧，此際神情也很繃緊。

——是不是三人都有著同樣或相近的憂慮？

憂慮是什麼？

那是對未發生和將臨的事懷有一種疑懼。

——只不過，大多數的憂慮其實都不會發生，如果你把你過去所憂慮會發生的事作一統計，基本上，有九成都是杞人憂天、白擔心一場的。

只不過，人無近憂，必有遠慮：若無遠慮，也必有近憂。

——那麼，唐寶牛和溫柔等的「不知所蹤」，是他們的遠慮，抑或是近憂？

白愁飛強把直欲燒噬那玉潔冰清胴體的慾望，以木壓火般的抑下，然後轉身、聳眉、深呼吸，然後去開門。

他知道是「自己人」在敲門。

而且是有「緊急的事」。

——因爲那敲門的暗號。

暗號是不動聲色的透露了許多事，但不是「自己人」就不能理解它的意思。

但這一刻間，白愁飛爲壓抑下去的慾火，而生起了恨不得把騷擾他的人殺掉的衝動。

世上有幾種慾望是難以壓抑的：

自由！

權力！

金錢！

性慾！

◇◇◇

開門。

是歐陽意意。

歐陽一眼看到白愁飛的臉色，雖然對方沒有表情（至少沒有表示出高興還是厭惡，歡迎抑或是憎恨），但他已感覺得到：有話快說，不可勾留。

此外，他也一眼瞥見，在榻上恬睡而腰身胸脯曲線份外誇張動人且矚目的溫柔。

這就夠了。

他什麼都瞭解了。

他也是男人。

「那三個傢伙想要上來。」

白愁飛冷哼一聲。

歐陽意意立時明白，已不必說下去了。

但他還是多問了一句：「他們有話要問溫姑娘。」

白愁飛悠然轉首，向床上靜睡的溫柔望了一眼。

歐陽意意也隨白愁飛的眼光望去——他一早已發現溫柔躺在那兒了，不過，既然白愁飛明顯且有意讓他知道溫柔是毫無拒抗的睡在那兒，歐陽意意也立即表示自己留意到了和羨慕之意。

有些男人喜歡別人知道他又佔有或獵取了一位（尤其是美麗的）女子，他們極樂意讓人（甚至千方百計的讓人）知道。——其實也不止是「有些」男人，而是「大部份」男人皆如是；並且也不只是男人如此，女人常亦如是；她們「表揚」的也許不是她又跟一個男人有了深刻關係，而是「炫耀」又多了一個男人拜倒在她石榴裙下。

所以，當歐陽意意一旦表達了欣羨之情，白愁飛的煞氣立時就轉爲得色。

「你看……還有什麼需要在這時候問明的嗎？」

歐陽意意即時笑了：「要問，也只有白樓主自己去問了。」

然後他討好的笑著說：「……小心哪，這之後，溫姑娘要問您的事兒，還多著呢……」

他居然向白愁飛提出「警示」。

——只不過，這時候這樣子的「警告」，男人都愛聽。

所以，此際，白愁飛對這平素不動聲息、喜怒不形於色、不大愛說話的歐陽意意，也大有好感起來。

（……噫，平時這人不大表態，所以總防他點，這次看來，他也是醒目之人，不妨予以重任……）

歐陽意意下樓之前附加性質的問了一句：「……要是那些塔子裡的人要衝上來

尋釁呢？」

「且拖著，要拖不下來，就——」白愁飛用手作勢，做了一個劈砍狀：「我已經吩咐梁何如何應付了，你們跟他配合便可。」

歐陽意意詭笑告退：

「……樓主請放心，這時候已沒什麼要事，最重要的，還是樓主好好享受靜靜處理自己的事。」

九十　血肉之軀

朱小腰、唐七昧、溫寶三人都感覺到有些不對勁，即請人迅騎聯絡負責監視天泉山「金風細雨樓」一舉一動的「掃眉才子」宋展眉、以及負責監察「六分半堂」有何舉措的「破山刀客」銀盛雪、和負責打點朝廷、禁軍、蔡京勢力一路的「今宵多珍重」戚戀霞等三方面人手，探詢可有見過溫柔、張炭、唐寶牛等人的行蹤。

溫柔這時當然身處險境。

她的「險」是「失身」之險。

張炭也正值危機。

他的「危」是身陷於「風雨樓」。

唐寶牛和方恨少亦身逢絕境。

他們的「絕」是：不是怕朋友兄弟不來援，而是生怕兄弟朋友來救而牽累了他們！

「老唐。」

「嗯？」

「我們這輩子，也算活得痛快，對不對？」

「宰相、皇帝，全吃了咱們的苦頭。咱們這雙拳頭，揍過天下最惡的人，救過最好的人，咱們沒白活，也總算沒活得不痛快的！」

「對，正應合了一句話。」

「什麼話？」

「——死而無憾。」

「對，只要生能盡歡，死便無憾了。」

「既然這樣，」方恨少笑笑，「咱們不如去死吧！」

唐寶牛怔了怔，摸著他的大鼻頭，慘笑道：「——死!?」

他一向都以為，自己比方恨少這輕薄書生更高大、豪壯、頑強、氣盛，視死如歸，理應是他份內的事，卻沒料今回兒是方恨少先行提出。

他覺得很愕然。

也很有點「丟臉」。

「你覺得現在咱們的情形怎樣？」

「給人逮住了，像兩隻待宰的豬——只不過，你皮薄一些，我肉厚一些。」

「不過，說實在的，咱倆哥兒雖是給人抓起來了，但待遇如何？」

「待遇？嘿，憑良心說，除了動彈不得外，我們給服侍得大爺似的，在江湖上浪蕩這些年了，這門子福算沒享過。」

「試想想，咱們剛揍了的是誰？」

「皇帝老子，姓蔡的龜兒子！」

「打了這兩個天底下第一第二的人，咱哥兒還可以這樣混活下去，天下竟有這樣便宜的事嗎？」

「你的意思是——？」

「我的意思你還不懂？」

「你吞吞吐吐是什麼意思嘛！麻煩死了！有話快說，有屁快放！」

「禮下於人，乃有所求，更何況是禮下於囚，而這份禮又是蔡京這狗老頭送的。你想，假如你是天子，或者我是天子，你我會任由人打一頓而不好好整治整治嗎？」

「你是說他們另有圖謀？咱們能給他謀個什麼？要錢沒錢，要權沒權，要命倒有一條——」

「只怕人家要的不止是咱們的命。」

「莫非……」

「咱們是餌，他們善待我們，必是要放長線、釣大魚。」

「那麼，大魚是……」

方恨少這回不說話了，只默默頷首。

唐寶牛也靜了下來，過了好一會，才乾澀的笑說：「大方，你說的對，咱們這輩子，活得沒不快意的，犯不著當死不死，連累弟兄，你說是不是？」

「是。」

方恨少的聲音像蚊子一般細微。

「怎麼了？」唐寶牛反問：「你倒怕死起來了？」

方恨少道：「坦白說，我想活。」

「你……！」

「活著多好。活著，可以發生那麼多好玩的事，有那麼多的感覺，有你那麼好的朋友，有……如果不到非死不可，我是決不願死的。人家是視死如歸，我卻是寧願變作隻龜也不願死。」

「——那你寧願當縮頭烏龜不成!?」

「當烏龜也無妨，至少能夠活，活著就好。可是，讀聖賢書讓我知曉：朋友間要講『義氣』；行走江湖多年，我得到也只一句話：要重義氣。義氣是什麼呢？我想就是對朋友要做對的事、不要出賣朋友、要在適當的時候幫助朋友。如果害死連累朋友，而對自己也一無利益，那我倒不如就此痛痛快快的死掉好了。」

唐寶牛聽了方恨少這番話，不由垂下了頭，握緊了拳頭。

「不錯，我很想活，」方恨少喃喃地道，「但如果要活下去得要傷害很多朋友，我就不想活了，我死了算了。」

唐寶牛靜默下來。

「你呢？」

方恨少悠悠遊遊的但也萬念俱灰的問。

仍是沒有答腔。

「你怎麼了？」

他發現唐寶牛正在飲泣。

「你這男子漢大丈夫的不龍吟虎嘯也得狗吠狼嗥，卻像貓哭鼠泣的算啥!?你還算男人啊你!?」

這樣一說，唐寶牛反而嚎啕大哭起來，呱呱大啕，哇哇大哭，掏心捏肺的，搥心跺肺的，還拿方恨少乾乾淨淨的衫袖來往他眼淚鼻涕的臉上揩拭，哭得就像個淚人兒似的！

方恨少厭煩不已，只想把他扯開：「你男還是女的！哭爹哭娘的，不敢死的就拉倒，你不死我一個兒死算了……」

「我實在很捨不得死……」

唐寶牛仍在哭。「我天天吃飯的時候，都有閃過這個念頭：有飯喫該多好。我常常看到美女的時候，都想過：有美人看多好。我時時跟人打架把人打倒的時候，都省起：我還活著多麼好。但現在卻要我死……還要我殺死自己……我不想死啊……死了這一切美好的都沒有了……」

「這也難怪，螻蟻尚且貪生……」方恨少唏噓不已：「你不想死的話，就不要死好了？」

「我是不想死，」唐寶牛哀痛的道：「可是我不得不死。」

方恨少聽得一震：「你……死？」

唐寶牛沉重的道：「連你也爲不出賣朋友而死，我卻不能爲朋友而死，天下間焉有是理？」

「你……」

「怎麼？你瞧不起我，以爲我真不敢死？天下怕死的人多著呢！我唐寶牛就是一個！自古艱難唯一死，我連死都豁出去了，就沒啥可怕了！」

「我……」

「什麼你你我我的，我以爲自己已夠娘娘腔了，看來你比我還婆婆媽媽得多呢！」

「我倒小覷了你。我還以爲你貪生怕死，臨陣退縮呢！」

「死，我是怕極了；生，我也貪極了。不過，要是負了義氣，苟且偷生，我唐巨俠活下去又有什麼朋友？沒有朋友兄弟瞧得起，我活下去又有什麼意思？不如早死早好，痛快了斷成漢子，不負義無愧心，過癮勝神仙！」

方恨少道：「……我剛纔看你哭得搶天呼地的，還以爲你——」

「我哭是跟張炭學的。他說他寧可流淚，不流血。他會給那對狼心狗肺的任勞任怨折磨得呼爹喊娘的，但就是不屈服，還是好漢一名。這些年來我倒學了他這個，有事的時候喊叫一番，傷心的時候大哭一場，心裡倒舒暢多了。」唐寶牛道：

「他的法子倒見效。我哭了這一場，心裡倒是痛快多了！」

方恨少楞了半晌，接了個話梢說：「——卻不知那黑炭頭和小石頭他們怎麼了？」

唐寶牛也意會道：「小石頭是一定榜上有名的了，蔡京大概也要對付黑炭頭吧？」

「既然這樣子，他們又是我們的好朋友——」方恨少眼睛發亮：那不是希望的光芒，而是一種求死的偉大情操，「我們還等什麼呢？」

「對，我們還等什麼呢？」唐寶牛毅然的說。「就趁我們還能夠死的時候死了吧！」

他們雖然不能動彈，也不能傷人，甚至連傷自己也不容易，但他們還可以說話，還可以哭，即就是說，他們至少可以咬斷自己的舌頭尋死。

他們意志已堅。

死志已決。

卻沒料「砰」的一聲，通風口的罩網給震飛起來，兩人倏地進入「機房」內。

唐寶牛和方恨少乍然還以爲是救兵趕到，隨後才知兀然潛入的是任勞和任怨——這兩個他們剛剛才稱之爲：「狼心狗肺的東西」！

兩人一進來，唐寶牛和方恨少便想死不了了。

——想死也死不了。

因爲兩人運指如風，又封二人幾處穴道，使他們連話都說不出來，而且還給他們嘴裡套上軟箍，使他們的牙齒根本咬不著舌頭。然後兩人這才滿意了，對已完全失去抵抗、動彈、掙扎能力的人獰笑道：

「你們現在已死不了了吧？」

「你們的話，我們全聽了。這通風口也正是通訊口，你們說什麼，我們就聽什麼。」

「你們猜對了，我們不殺你們、不整你們，是爲了要你們完完整整的，好讓你們那班跟你們講義氣的兄弟朋友手足來相救，而我們就只等著一網打盡。」

「至於這位唐三藏，上次在牢裡沒把你和張炭整死，這次，我要你眼見黑炭頭還有其他爲你賣命的傢伙一一爲你喪命，這才讓你死，夠意思了吧？」

「你們若不想死，只有一個法子。」

「一條路。」

「這兒有一張自白書，你們簽箇名畫個押下去，那就能保住狗命。」

「至於裡邊寫的內容，反正是事實，說出來也無妨。那是表明主使你們行弒皇上和相爺的是王小石，整個『象鼻塔』裡的人都是同黨，就這樣而已。」

「你們若不想在後天就人頭落地，就得在這自白書上簽個字。」

「──你們不簽也沒用，反正，你們一旦押上刑場，王小石那干光衝動沒腦袋瓜子的傢伙，必定會來救你們，他們一出現，就死定了。就算他們不救你倆個活寶兒，也沒關係，我們自會替你劃押扣印，你們人頭落地之後，遲早也會辦了在『象鼻塔』裡造反的那干亡命之徒。」

「你們再硬，到底也是血肉之軀，吃不消這皮肉之苦的，還是趁早聽命、認了吧！這樣我們也省事些，你們也少受些苦。」

「怎麼樣？你們已沒有再好的選擇了。」

任勞、任怨對著任憑宰割的方恨少、唐寶牛二人，像兩名久餓的人看著兩碟烤熟了的雞，興奮得眼裡掩抑不住狠相與狼相。

「你們說不出話？那也不打緊。眨一下眼睛，就是不答允。霎兩次，就是同意了。記住，人不爲己，天誅地滅，希望你們別霎錯了眼睛，也別瞎了眼、矇了心。」

「小心，你們只有一對眼睛。」

九十一　我愛你

很快的，唐寶牛和方恨少都作出了反應。

方恨少立即眨眼。

眨一次眼。

唐寶牛則不然。

他霎兩次。

這連任勞任怨都覺得驚訝。

所以他們望定唐寶牛，要他再「表演」一次。

唐寶牛果然又眨了眼。

一次。

停。

又一次。

——總共兩次。

對，沒看錯。

「兩任」互覷了一眼。

這回卻連方恨少也感到驚疑不信。

然後才覺得怒忿。

任勞乾咳一聲，道：「你肯簽押？」

唐寶牛眨了眨眼睛。

也是兩次。

然後他又眨了眼。

這次是連霎三次。

任勞一怔：「什麼意思？」

唐寶牛再次霎眼。

這回一連眨動四次。

任勞望向任怨。

任怨說：「你想說話？你有話要說？——要是，眨兩下；不是，眨一次。」

連霎兩眼。

「好，你有話就說，可是別玩花樣，否則，我擔保刨掉你兩隻眼睛。」

他解開了唐寶牛的「啞穴」，又讓他一隻手（當然只是手指）可以活動。

「你別殺死自己——」任怨盯著他的嘴巴和五指，再次提出警告：「你一咬舌，我就敲掉你所有的牙齒；你一動手傷害自己，我就剁掉你的手指。」

唐寶牛居然十分聽話。

他看見那份「告罪書」。

看完了，不吭聲，只乖乖地劃押簽字。

之後他又乖乖的放下筆，乖乖的看著如臨大敵的任勞任怨。

他這麼乖，那麼聽話，反而使任勞任怨都有點不好意思起來。

「怎麼？」任勞問，「你不是有話要說的嗎？」

「是。」

唐寶牛平心靜氣的說。

「那你說吧。」

任勞仍盯著他的口，以防他一口咬斷自己的舌頭。

「真的要說？」唐寶牛瞟了方恨少一瞥。

「說就說——」任勞橫了方恨少一眼，「你怕他能把你怎麼？」

「好，我說——」

唐寶牛一直都非常吞吞吐吐：

他說的聲音很低，任勞任怨都聽不清楚，於是湊過臉去——不過仍是十分提防、非常謹慎。

「我……」

「什麼？」

「我……唉……你……」

「你放膽說吧，聲音響亮一點！」

唐寶牛忽然旱雷似的吼了一聲：

「我——愛——你——！」

兩人都給震了一下，任勞刷地變了臉，唐寶牛哈哈大笑不已，方恨少聽了，臉孔笑不出容顏來，也笑得盈了眼色。任勞一手拏過了那張「罪過書」，只見劃押處唐寶牛竟寫了個又粗又肥又亂的大字：

「我就愛操你祖宗廿八代！」

任勞一伸手，已重新點了唐寶牛的啞穴，任怨也出手封了唐寶牛那隻唯一活動的手，任勞已發了狠，要狠狠的整治唐寶牛，任怨卻阻止了他：

「別逞了他的意。」

「給他一點教訓，」任勞則不以爲然：「打掉他幾顆牙齒，砍掉他兩三根手指，總可以吧！」

「不，相爺要他完完整整，他越完整，就對咱們越有利。」任怨說，「你記得當年『淒涼王』就是激怒了我們，受了點教訓，結果諸葛老兒藉我們濫用私刑之名，將淒涼王編配入刑部，反而趁此保住了他，咱們因而不便再動殺手，便宜了他——這次茲事體大，咱們怎能又犯在這關節眼上！」

「是！你說的對！」任勞的年紀雖然要比任怨起碼長四十歲以上，但對這個年輕人卻一向畢恭畢敬，言聽計從，「這口鳥氣只好暫時忍下來好了。我叫劊子李下刀留些情，留點氣，讓他們不得好死。」

要知道劊子手殺人下刀，講求快利，頭斷人死，還要連一層皮，以致殮葬時不致全然「身首異處」，最忌的就是「留情」、「留氣」，這樣一來受刑者便會身受慘苦卻斷氣不得，殘忍無比。任勞要劊子手老李砍頭時留氣留情，那是歹毒至極的做法，當真使人「不得好死」，「求死不能」。

任怨淡淡一笑。

他的笑猶如浮光掠影。

別人看不到他的笑：他的眼裡沒有笑，他的嘴唇也沒有綻開笑，甚至整張臉也不見笑容，只不過在這瞬間裡他細皮滑肉的臉上法令紋現了一現、深了一深，才讓人省覺他剛才是笑過了，陰惻惻的，而且帶點險。

「要對付他們，還不必要熬到那個時候；」任怨斯斯文文的彈著指尖，彷彿他那不沾陽春水的十指，彈一次便足以引人相思一次，「你還記得吧，我們當日在『發黨花府』，施了一種功力，讓他們開口說出了本是我們要他們說的話，使他們幾乎鬼打鬼、互疑互猜、幾乎內鬨。」

「那是『十五鈷』奇功，天下間，唯怨師弟你第一；」任勞討好的說，「當時若不是王小石走運，他也會折在師弟你這一記殺手鐧下。」

「我的殺手鐧可不止這一個。」任怨冷哼一聲道，「我還有『十六鈣』。」

「十六鈣！」任勞眼睛立即亮了起來，「那是使人五臟六腑盡傷重，縱華陀再世，決也回天乏術，但外表一點卻也看不出來的絕門奇功！」

「對！」

任怨陰陰一笑。

任勞馬上明白了。

——當日，夏侯四十一就是想得到這種盡廢其內但又不形於外的奇藥，而致跟天衣居士結怨，而今竟已給任怨練成了一種奇功，雖然性質不一，但更是效用！

他一張臉因奮亢而通紅，因而顯得眉鬚更銀更白，彷彿像位南極仙翁，慈和寬容的望向唐寶牛和方恨少，眼金金的就像看到他最好的朋友、最佳的客人。

稿於九二年十一月下旬：南洋商報約寫文化論析專欄／上海丁懷新廠長南來洽談出版全集事／平安渡劫／台灣「萬盛」推出新版「刀」、「劍」、「槍」／花山文藝出版社來函洽出版作品事／中國友誼出版社沈慶均先生來鴻／開筆「談玄說幻」系列／獲酒泉立忠義弟訊。

校於同年十二月上旬：蘇州大學張繕來札／長江文藝出版社意欲出版「六人幫」系列／與敦煌編輯部「沙嗲王」開會／取得華漢與友誼跟我作品之合約／何梁獲取「刀叢裏的詩」中國友誼版合同／小倩電變／新潮「喝采」系列刊完／傷情記／與浩泉擬訂新合作協議／敦煌與葉浩糾紛／漓江文藝出版社款項漸匯至／海南出版社蘇斌來函喜甚／正文俠兄改編「四大名捕會京師」為連環圖／萬盛匯款到／「壹週刊」刊出「紅電」薦介。

第三章　假如你是皇帝

九十二　溫柔的小腰

自「留白軒」下來的歐陽意意，堆上一絲兒「賣少見少」的笑容，卻是十分慵懶散漫但其實非常注意留心的對他的「客人」說：

「溫姑娘現在不要你們上去。」

等急了的蔡水擇立即問：「爲什麼？」

「她沒有說。」

歐陽意意攤了攤手，又指一指樓上，故作神祕的說：

「情到濃時，這時候，就是我剛才上去溫姑娘也嫌我打擾哩！」

張炭退求其次，說：「那麼，『吞魚集』要不要我送上去？」

「不急不急。」歐陽意意隨意的說，「溫女俠說這不急，遲些兒再跟你拿就是了。」

張炭與蔡水擇相顧一眼，眼色沉得似是即將凝固的鉛。

然後蔡水擇慢慢的戴上了手套。

黑色手套。

——許是因爲手套也是黑色之故；他一旦戴上了手套，臉孔就顯得更加黝黑了，他當日給趙畫四踢裂的臉，縫隙就映得更加明顯深刻，而在這時際，他臉上還帶了點詭異的笑意，越發使他那張爛了的黑臉像一粒發了酵的黑色蠶豆。

他一面詭笑，一面如是說道：

「『吞魚集』裡邊錄有一首歌，不知你是否記得？」

他也不待張炭回答，便已隨口拉了個調，哼唱了起來：「查波婆，家破婆，如波波，喳婆婆……」

張炭聽了，只沉重的搖頭，說：「你本來有事，你先回去，溫柔的事，我留在這兒好了。」

然後卻跟歐陽意意等說：「這位蔡兄弟有事在身，不能久候，他要先回去，你們就高抬貴手，放放行吧。」

歐陽意意怔了一怔，他一時不知自己出了什麼漏子，出了什麼問題，不知道該如何應對是好。

他倒沒料到有這一著：

來人居然在未等到溫柔離去就走。
——而且不是三人都走，只一人離去。
那該怎麼辦？——不許走，即成對敵；若放行，豈不放虎歸山？
見歐陽意意一時沒說話、沒話說，利小吉便接道：「你們要走？」
「不，」張炭道，「不是我們，只是他一個人。」
「我不走。」蔡水擇澄清道：「是他先走。」
「你走。」張炭一張胖嘟嘟半黑半白的臉相當堅決，「我留。」
「是你走。你還有要事要辦。」蔡水擇一張黝黑的臉已掙得透紅，「你在『七大寇』、『桃花社』和『天機』都有重任，我沒有。——所以，我留，你走。」
「哪有這樣的事！」張炭繼續爭持到底，「你是個有家室的人，你的膽子有多大？留下來，留到底，自是我的事。」
「現在不一樣了……」蔡水擇悲哀的抗聲，「總之是：你走，我留——」
張炭冷笑，忿笑。
祥哥兒機警地道：「什麼意思！你們在演什麼劇目兒？」
朱如是瞇著眼睛，白牙縫裡問出了字句：「到底誰走？誰留？」
「到了這兒，」忽聽一人道：「誰也不許走。」

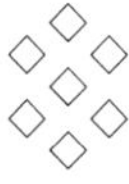

消息回來了。

根據「今宵多珍重」戚戀霞捎來的訊息：

——唐寶牛和方恨少兩人，居然男扮女裝，把萬歲爺和相爺在「八爺莊」裡狠狠的揍了一頓！

這消息倒真的狠狠地震住了朱小腰、溫寶和唐七昧。

同時「袋袋平安」龍吐珠也趕來報訊：王小石跟梁色、蔡追貓、何小河、梁阿牛跟四大名捕聚首於痛苦街口、苦痛巷前。

溫寶倒吸了一口氣，道，「這樣還好，既然小石頭跟四大名捕在一起，看來他沒有理由不知道唐巨俠和方公子發生了那樣駭人聽聞的消息。」

唐七昧鬱鬱的道：「方公子和唐巨俠犯了這樣的事，只怕神仙難活。」

溫寶怒問；「難道就這樣見死不救嗎？」

唐七昧沉鬱的道：「救他們就得使『象鼻塔』的弟兄們全軍覆滅。」

溫寶搔搔頭，頭皮屑早已在他肩膊上鋪上了幾層：「……我看小石頭不會置他們死活不理的！」

「我就怕這樣。」唐七味沉聲道，「本來現時『象鼻塔』加上『發夢二黨』、『天機』等力量，實力已可與『六分半堂』、『金風細雨樓』鼎足而立，分庭抗禮，萬一小石頭沉不住氣，只怕這一番心血，就得毀於一旦。」

溫寶苦笑道：「話不能這樣說。老唐和大方畢竟做了件大快人心、頂天立地的事。」

唐七味苦澀的說：「但這事的後果實在誰也承擔不起。」

溫寶像元寶一樣的團團臉卻呈現了一種金子一般的堅毅：「人生一世，能做這樣一件大事也算不枉此生了。難道你認爲這樣的狗皇帝和狗宰相不該痛打一頓嗎？」

唐七味陰鬱的說，「就是因爲這樣的垃圾皇帝和垃圾不如的狗官，更犯不著爲揍他們一頓而犧牲性命！」

聽到唐寶牛和方恨少的噩耗之後，朱小腰一直沒說什麼、沒有什麼表示、甚至也沒什麼表情。

到此際，她才說話了，說得像沒來由、無定向的一句：

「……假如你們是皇帝，你會怎樣處置他們？」

兩人俱是一怔。

他們一直以來都知道唐寶牛在追求朱小腰，但朱小腰既似沒動容，也沒動心，所以而今唐寶牛雖身陷絕境，他們並不認為朱小腰會份外悲慟、特別震動。

只不過，朱小腰這相當溫柔的問題在此時此際以一種相當溫柔的語調問出來，仍使他們的心頭震盪了一下。

——而且，這時候的朱小腰，神情大異平時，看來溫柔，但卻是令人感覺到一種完全隱伏的激烈情懷，使人悚然。

「你說……他們？」溫寶覺得這時候該有個人來應答，所以他馬上作出回應，「——唐巨俠和方公子他們？」

「假若你們是皇帝……會怎樣對待他們？」

朱小腰仍是這樣以溫柔得十分溫和的聲調問。平時她只慵懶，但那是嬌乏，而不是溫柔。

「這……」溫寶只好求助似的望向唐七昧，「只怕是……是難逃一死了。」

唐七昧陰鬱的接道：「死定了。問題只在：朝廷方面是公開處斬二人還是以私刑解決，誅連程度有多大而已。」

朱小腰聽了，默然。

她蒼白的臉上浮現了一種動人的顏色，看去好像是在害羞，但事實上她決不可能在此時此境害臊。

第三道在此際「及時趕到」。

那是「掃眉才子」宋展眉得力手下的報導。

他一向負責戍守「金風細雨樓」那一帶的，他的消息也自然有關於「風雨樓」。

「溫柔入了風雨樓。張炭、蔡水擇、吳諒也跟了進去，許久沒有出來。宋展眉要攻打風雨樓把人救出來。洛五霞則認爲要等候進一步的消息，並請示塔主的命令。」

——「塔主」當然就是王小石。

只不過他與部屬間十分親近，人多稱他爲「小石頭」、「王老三」乃至「王三哥」，鮮少人尊稱一聲：「塔主」，但那並不表示對他有任何不敬之意，卻顯示了莫大親切之情。

由於王小石十分關心「風雨樓」的動向，尤其是蘇夢枕的下落，所以在「天泉山」這一路，特別派上了兩名大將：「掃眉才子」宋展眉和「丈八劍」洛五霞去監視指揮。

朱小腰聽得報告，只向來人疾然吩咐：「叫洛、宋二位在風雨樓前叫囂索人，但不到萬不得已，不要真的動手，主要目的，是要樓子裡的人知道，我們塔子裡的人已注意此事，誰要是傷害我們的人，大家決不會放過，讓他們不致了無憚忌。但若真的交手，小石頭未領全軍趕到之前，難有勝算，故宜忍辱負重，伺待良機。」

來人領命而去，朱小腰轉首即咐囑：秦送石、夏尋石、啇生石三人，全速飛撲「神侯府」，通知王小石：張炭、溫柔出事了，請他回來主持大局！

分派了這些事之後，朱小腰的神態仍是溫柔的；甚至是一種視死如歸的溫柔。她溫馴的盈盈一福的向唐、溫二人說：「看來，今晚月黑風高、腥風血雨，殺戮難免。兩位請各自調度塔裡的弟兄。唐七哥請塔裡高手在這兒靜候塔主調遣。寶哥哥則先帶隊支援宋、洛二俠包圍風雨樓，可好？」

——可好？

還有甚麼不好的？

——在這殺死人的溫柔下。

九十三　殺死人的溫柔

溫柔沒有死。

她只是完全失去了知覺。

可是失去知覺的她，仍然可以「殺死人」。

她殺死人的方法是以她的美。

她美得足以令人窒息，足以把人殺死。

尤其是當她給逐件袪去衣服的時候：那麼柔、那麼媚、那麼美……

——怎麼她連貼身的衣飾也穿得那麼講究、別有心思，莫非她已準備讓人看見她裡面所著？

當白愁飛一件一件除去她的褻衣時，為這燈光暈黃掩映的美態，綻亮出情難自禁的激情來。

——假如溫柔是可以吃的，他真迫不及待的要一口吞食了她！

看到梁何，蔡水擇和張炭都幾乎忍不住要一口吞噬了他。

梁何在白愁飛不在的時候，已儼然代樓主的架勢，前後左右總有十數人乃至數十人不等在掩護著他，尋常人豈能接近得了他？

就算不尋常的高手，也休想靠近得了他。

「你們來得、去不得。」梁何嗤笑道，「金風細雨樓，豈讓你們出入自如，敢情當樓裡無人了！」

蔡水擇沉住一口氣：「我們不是貿然闖進來的，是你們開了大門迎我們進入的，說什麼都是貴樓的客人。」

「你們不是賓客，」梁何道：「溫女俠才是。」

「可我們是跟著溫姑娘進來的。」張炭抗聲道。

「溫姑娘呢？她也不下來見你們，可見你們不但混帳，而且混吉！」梁何截然道，「你們要是聰明的，就在這兒待著，等樓主進一步指令；要是不討好，以爲這兒是自出自入的地方，只怕得要豎著來橫著出去！知好歹的就窩在這裡，不許妄動！」

蔡水擇偏首想了一陣子，吳諒臉色陰晴不定，張炭仰首望白樓樓頂的燈火，恍然出神，終於還是蔡水擇道：「好，我不妄動——能嗎！」

他突然撕開上衣，眾人在驚呼中一齊閃開。

他身上竟佈滿了蟲。

紅色蠕動著的蟲。

他拔刀。

刀離鞘。

沒有刀鋒。

沒有刀。

只有刀柄。

綠色的刀柄，竟有一種強大而詭異的吸（引）力，綠光一明一黯、一陣強一陣弱、一下子隱一下子顯。

就這樣一明一滅之間，蔡水擇身上的蟲，全颼地飛（吸）向他的刀把子，竟像蜜蜂組成蜂窩一樣，那些紅色的蟲，竟赫然在瞬息間便組成了一把刀（或者說，組成了一把刀的形狀）！

一把由蟲組成的蠕動著的刀。

他揮舞著這把刀，也就是揮舞著那些令人看了也會頭皮發麻的蟲，旋斬向他的敵人，一面大叫：

「快！這兒由我來處理，你們快去救溫柔！」

大家不光是怕他，也怕他手上的刀，於是紛紛閃開。

——光閃開也閃不開，因爲刀上的蟲，在激烈揮舞時不住的飛掠了出去，有的黏在敵人的身上、臉上、手上，有的人已給蟲噬了一口或數口，立即，遭噬著的地方所有的血管都暴漲了起來，好像在緊靠皮膚表層下點燃起了一支支蛇型的紅焰一般。

樓子裡的人紛紛讓開，蔡水擇尖呼狂號，正要殺出一條血路來。

一個沒有路可走的人就是到了人生的盡頭。

現在唐寶牛和方恨少卻只希望他們生命的盡頭能夠快些到來。

因爲任勞任怨正擬對他們施用「十六鈣」的苦刑。

那是生不如死、求死不得的慘刑。

只求速死。

——可是能夠嗎？

他們遇上的正是京裡第一把子的刑求高手：「鶴立霜田竹葉三」任怨和「虎行

雪地梅花五」任勞！

任勞向他們映映眼睛：「師弟這次親自出手，大展身手，包準教你們大開眼界。」

任怨啫啫有聲，正在欣賞他手上的「試驗品」。

他負手在唐寶牛和方恨少身旁繞來繞去，似是猶豫未決，一面喃喃自語道：「該先拿誰來試驗好呢？你們說吧，該誰先嚐試此甜頭呢？」

一會他伸腿踢踢方恨少：「拿你吧？你比較瘦小。」

一會又用手擰擰唐寶牛的耳朵：「不如就你吧，你比較大塊。」

終於他停了下來。

就停在兩人身前，然後他下定決心的說：「不如就一齊吧——讓你們做對比翼鳥也好！」

說著，他雙掌一併緩緩推了出去。

伸向兩個相當奇門的穴位。

他用的當然是「十六鈣」的掌功。

——這種掌力，不是要人死，而是要人成爲廢人，變成一個活下去也等於廢物的活死人！

九十四　刀蟲

蔡水擇出身於「黑面蔡家」，這一家人，素以打造鑄製奇門兵器見稱於江湖，堪稱名震天下，一般武林人物，聞名膽喪。

蔡水擇原本修煉的是「天火神刀」，後毀於「老林寺」之役中，他身負重傷，臉也裂了，但他並不沮喪，還並（另）修刀劍：

——刀蟲、炸劍、爆刃！

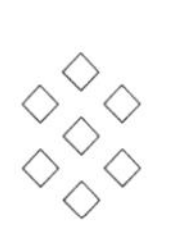

他現在使的就是「刀蟲」！

——一種「蟲」聚成的「刀」！

一種活動的、有生命的、能奪去任何性命的刀！

他的刀和蟲一齊攻殺，所向披靡。同一時間，張炭突然發狂似的衝了過去、沖了上去，接近他的人，全給他甩了出去、摔了出去、擲了出去、掟了出去，不管是刀劍槍戟，哪一樣兵器先挨近他的人，就先給他骨折筋扭倒於地。

張炭所施，正是東北大食一族「大口孫家」中的「摸蟹神功」和「捉蝦大法」！

別看這種蝦蝦蟹蟹的武功，其實是擒拿手的極致，傳授這兩門絕藝的孫三叔公，是「大口孫家」裡出類拔萃的人物，張炭這下更是全力施爲，一下子，猶如摧枯拉朽，迅若星飛、一鼓作氣的衝殺上三樓！

其實，張炭是蓄勢待發，早有預謀。

原因是：「吞魚集」根本不是張炭的，也不是蔡水擇的，更不是溫柔的東西——溫柔甚至還沒摸過這一本書。

這本書原是當年鐵手追命在「愁石齋」前給張炭盜去的書，內容是記一些神奇術數、精奧玄學，跟溫柔可以說是毫無瓜葛；而且，此書後來也給四大名捕搜走了，跟張炭也再無牽繫。

是以，張炭提出要把「吞魚集」交給溫柔，只不過是一個幌子。

他要試一試。

——要是溫柔真的聽此一問，一定大奇反問，那就表示溫柔至少能思能言，尚無大礙。

但歐陽意意的回答居然是：這會兒不急，待後再取！

這只擺明了一件事：

溫柔遇險了！

蔡水擇立即藉唱歌，其實歌辭是用「桃花社」的暗號與張炭交換了訊息：

他要打上「留白軒」，救溫柔，他要張炭先走，請救兵。

可是張炭執意不肯。

在張炭心中，蔡水擇是個懦夫，他豈能貪生怕死、爲懦夫所救！

更何況他關心溫柔。

他是那種把關懷默默埋藏在心底裡的人。他對溫柔，有著強烈的關心，一如他對賴笑娥，有著濃烈的情感，但他善把這些情愫深藏心底，既不隨便張揚，也不輕易流露。

所以他要救溫柔。

他要親自救溫柔。

兩人突起發難，似乎連馬克白、毛拉拉、朱如是、祥哥兒、歐陽意意、利小吉這一干人也始料未及，蔡水擇以「刀蟲」怖厲之勢迫開眾人，張炭一下子殺上了二樓。

意外的是，梁何只把兵力集中佈防在白樓底層，大概是原以爲諒這兩三人之力也突不破這防線，是以張炭一旦衝上二樓，而樓梯口又教蔡水擇獨力封殺，樓子裡的高手一時都衝不上來。

「前途無亮」吳諒見張、蔡二人猝起發難，他也拔出一把刀，加入戰團。

他的刀也很特別：

黑色的刀。

他一面揮動黑刀，迫退來敵，一面向蔡水擇大喊：「我該怎麼辦!?」

蔡水擇的「刀蟲」放倒了不少來敵，可惜刀上的「蟲」，去一隻少一隻，他的「刀」已愈來愈短了，而敵人也愈來愈多了！

但他也愈拚愈勇，一面大喊：

「快殺出去，通知大夥們！」

吳諒大聲應答「是！」這聲音一過，他的人已給重重的敵人圍住了，一時再也看不見他了。

蔡水擇守在樓梯口，仍在苦苦支撐，力拚到底。張炭則已豁出性命，殺上三樓。他們人雖少，敵衆我寡，但兩人依然鬥志如虹、士氣卻旺。只不過，張炭一直放心不下一件事：

——「火孩兒」始終都守不住的！

——一介懦夫，曾臨陣退縮過，遲早都會在生死關頭的節骨眼上抽身退出的。

他只望自己能從速殺上「留白軒」，把溫柔救走再說！

——不能靠火孩兒！

——此人不可靠！

◇◇◇

「不可以殺人。」

這樣一個聲音，及時傳入了「機房」。

聲音先到，然後人才到。

好一個高大豪壯、天神樣般的漢子！

任勞、任怨一看，知是御前當紅的一等帶刀侍衛統領舒無戲，這人正在聖上御前當時得令，除了「一爺」之外，只怕風頭之盛，誰也捋不了他的腳跟頭踝丫子！

——但這舒無戲卻是明擺了跟諸葛先生聲息與共的同黨！

「舒大人，我們怎敢私殺這兩名朝廷欽犯呀！」任勞涎著笑臉道。

舒無戲哈聲道：「也不許傷人！」

「咱們沒有傷人。」

「不是沒有，而是還沒有。」舒無戲輕輕說話的聲音也像吆喝，「俺最討厭私下用刑殘害疑犯的人，咱們號稱上國衣冠，但咱們對待政敵、犯人的手段和歷史，卑鄙得禽獸不如！」

他用手一指兩任，怒斥道：「就是你們這種敗類造成的！俺今天就在這兒守著，決不容人濫用私刑！」

「可以。」任怨不慍不火、陰聲細氣的道，「有您老守著護著，我們誰敢以身觸法呢！只不過，你護是護，看是看，但千萬不要一時火攻心，把他們給放了，要知道，皇上已下了聖旨，要斬殺他們，舒大人盯著他們，不讓欽犯脫逃，自是在公在私都勢所必爲的事，但千萬不要爲情爲義，萬一個不防，讓欽犯給逃脫了，聖上責罪下來，那咱師兄弟可不敢擔當，也耽待不起了。」

舒無戲蹙著濃眉，咕噥了一聲，由於他忽然闔垂了眼簾，彷彿似在突然之間睡著了一般。

任怨陰惻惻的追加了一句：「舒爺可聽淸楚了？」

舒無戲忽然抬頭。

瞪目。

他雙目綻發出猝厲已極的利芒，使任勞不由自主，退了一步。

他一把揪起任怨的衣襟，把他整個人提了起來，然後才一字一句的說：

「你給俺聽著：少教訓俺！『七絕神劍』、顧鐵三、『八大刀王』、『四大皆凶』皆在外頭守著，俺舒無戲有多大的戲法可變？俺只不許殺人傷人，可決放不了人救不了人，你們兩個刑部裡的敗類，不必替俺擔這個心！」

給揪得雙腳離地的任怨，既不尤，也不怨，亦不驚惶，照樣臉帶羞怯的笑容，陰聲細氣的笑道：

「舒大人明白就好。」

他沒有掙扎，也不還手。舒無戲原受諸葛所託，如唐、方二人一旦落網，必遭殘酷整治，故特別求恩領旨到「深記洞窟」之「機房」看管監視，見任勞任怨要下毒手，即加制止，若二任不服鬧事，反而可以隨機應變，亂中趁機，但任怨全無動手之意，且先用重話擠兌住了自己的背後意圖，他也只有按兵不動了。

九十五　塔裡的男人

裔生石、夏尋石、秦送石終於找到了王小石。

王小石正與何小河及梁阿牛在勘察菜市口的地形，一聽溫柔身陷風雨樓，連同張炭和蔡水擇吳諒也遭厄天泉山，也變了臉色，即刻趕返「象鼻塔」。

他一到「象鼻塔」，朱小腰和唐七昧等人已帶大隊準備停當，一觸即發，只待一聲號令。

王小石劈面就問：「他們在『風雨樓』裡怎麼了？」

「好像已打起來了，」朱小腰說，「洛五霞等聽到裡面有打鬥的聲響。」

「他們一個也沒出來嗎？」

「一個也沒有出來。」

「好，」王小石發狠的一跺腳，「我去！」

「你去？」朱小腰緊迫盯人的問，「去哪兒？」

王小石道：「我要救溫柔他們。」

朱小腰道：「請三省而後行。」

「三思什麼!?」王小石道，「我的兄弟朋友困在裡邊，哪有袖手不理的道理。」

朱小腰道：「你去了，金風細雨樓就等你去。你是塔子裡的主人，要是出了事，誰來主持象鼻塔？」

王小石道：「我也是塔裡的男人，有手足出了事，難道還直窩在塔子裡不出來麼！整座風雨樓等我我也要去！」

朱小腰道：「白愁飛就等你這句話！」

王小石嘆道：「可是人只有一命，有些事是不能不做的！」

朱小腰道：「你要是今晚出了事，後天誰來救老唐大方？」

王小石道：「大方老唐要救，張炭火孩兒前途無亮也救，見一個救一個，救得了誰就救誰——人生在世，不能顧慮那麼多，只能當做就做！」

他望定朱小腰，疾道：「要是我今晚出了事，老唐大方，就由妳領導大家去救，要是妳不行，就由七哥主持大局。救人如救火，我不跟妳嘮叨了。」

說罷即刻要走。

朱小腰瞪了唐七昧一眼：「你不是反對他去的嗎？怎麼又一言不發!?」

唐七昧一反他平時陰挹沉鬱神態，眼裡放著亮、臉上發著熱、彷彿連牙齒也反著光，吭聲道：

「好！我們有這樣的領袖，還愁什麼！自是跟他水裡水裡去、火裡火裡去！」

忽聽梁阿牛大聲喝止王小石：「王塔主，你不帶同大夥兒一齊去!?」

王小石已上了馬，只拋下一句話：「我一個人便可，大家要保存實力。」

說罷居然在馬背上翻了兩個觔斗，再來個倒豎蔥，裝了一個鬼臉，漫聲唱：

「十年磨一劍，霜刃未曾試，今日把示君，可有不平事……」歌聲中打馬而去。

梁阿牛輕功稱絕，縱身便要攔阻，卻給何小河先發制人，先行扯了下來。

梁阿牛為人戇直，怒道：「怎麼……妳忍心讓小石頭一個人去送死？」

「這時際跟他爭箇作啥！萬一他下令誰也不許跟去，逆他而行豈不難堪！」何小河山人自有妙計，不慌不忙的說，「咱們這回兒讓他自去，那回兒自行帶隊發兵跟著就去便是了，手足們全都上了風雨樓，看他能不能揮揮手就讓咱們退回塔裡來！」

梁阿牛這才會意，登時住了聲，囁嚅道；「妳這……這可真有辦法。」

「可不是嗎？」何小河得意洋洋的道：「本姑娘何小河，當過什麼來著？留香園、孔雀樓、瀟湘閣、如意館裡卯字三號的『老天爺』，誰家不曉得！我看男人，自有一套，入木三分，別無分號。」

「更何況，」她臉色忽轉陰晴不定的說，「我等這一天，也等了好久了；我要做的事，也拖了好久了。我終於等到了今天，好好的一次過完成它。」

梁阿牛爲之目瞪口呆，龍吐珠卻跟朱大塊兒悄聲說：「我看這回『老天爺』是學壞了。」

朱大塊兒又是個直腸子的漢子，當然不明所以：「什麼學壞了？」

「敢情她是接近我們的唐巨俠寶牛先生多了，」龍吐珠笑道，「她跟他一樣把牛吹得上天了。」

聽到的人都忍不住笑了。

——在幹大事之前保持輕鬆的心情，這是小石頭的風格，也是王小石對象鼻塔一眾手足的影響。大家在能笑的時候，不妨多笑笑，就算是不能笑的時候，也儘量多笑一笑。

只有朱小腰依然溫柔著臉容，卻無一絲笑意。

她顯然也是聽到了這句話的。

張炭已衝上第四層樓。

他一衝上第四層樓，已發現自己憑一鼓之氣、不向外衝反往內攻，使樓子裡的人一個失防，他也一口氣登了四重樓，但他知道這時各層已加強佈防，有備而戰，只怕再難以強登第五層樓。

然而「留白軒」卻在第七層樓。

——還有三層樓，才救得了溫柔！

樓下發生那麼大的爭鬥，溫柔依然沒有下來察看，可見其險！

——就算他能打上第七層樓，但又如何從白愁飛手中救得溫柔呢？

——就算他能攻得上第七層樓，又「來不來得及」救溫柔呢？

這些都是不堪設想的。

張炭已不能想。

人生在世，其可貴處不是在你想了什麼事情，而是在於你做了什麼事情。

而現在就是生死關頭、需要做事的時候。

所以張炭既衝不上去（也殺不下來，他已完全給風雨樓的弟子截掉了退路和去路，也失去了跟蔡水擇和吳諒聯繫的路），他卻做了一件事：

他這回不往上衝。
往內衝。

◇◇◇

這是大事。
也是一個重要的舉措。
他不是殺出重圍。
而是殺入重圍。

◇◇◇

白樓遠早在蘇遮幕創立的時期，已是資料收集的所在；蘇夢枕當政期間，更加注重資料收輯。因爲擁有和重視資料的彙集與運用，所以使「風雨樓」迅速能取代「迷天盟」的地位，並勢力直逼「六分半堂」，當年蘇夢枕與白愁飛、王小石初遇，蘇夢枕能在極短的時間使楊無邪讀出二人的生平履歷，便是因爲白樓的資料完善之故。

所以白樓可以說是金風細雨樓的一大重地，而這第四層樓，裡面佈滿了資料文件，而且正是有關幫中所有子弟和幫外朋友、敵人的有關資料。

白樓每層樓都由白愁飛不同的親信掌管。

目前，這層樓暫交由利小吉來看管。

誰都知道，這層樓裡的資料是：失不得、毀不得、亂不得的！

九十六　殺入重圍

張炭殺入重圍，殺入第四層樓的資料庫去。

大家只堵住他的進退之路，沒料他有此一著，不怕人甕中捉鱉，反而深入甕中、意圖碎甕而出。

他見文件就砸。

就毀。

反正見什麼都搞砸搗毀。

敵人忙著阻止他、保著文件，這樣一來，殺力就大減了。

張炭一路衝殺到窗口。

這時候，他大可以從窗口躍下去，趁人不備，沒料到他又居高臨下的殺將出來，說不定可以乘機殺出風雨樓去。

可是他沒這樣做。

因爲他還有兄弟留在這兒：他雖看不起火孩兒，但蔡水擇依然是他的弟兄。

他也要救溫柔。

溫柔還困在樓上。

他只殺到窗邊，望了下去，只見樓下黑鴉鴉都是人。

敵人。

這感覺不好受。

他望了一眼，卻發現了兩個意外：

其中一個竟是——

蔡水擇竟衝到塔外來，他渾身血污，披頭散髮，看來負傷頗重。

他由上而下的望落，正好蔡水擇一面應敵，一面猛抬頭：

剛好跟他打了個照面！

這時候，蔡水擇手上的「刀蟲」，只剩下五寸不到的一截，聲勢已然大減。

只是就在此際，他猛拔出一把懷刃來！

這懷刃一旦抽出，發出的不是光，不是芒，也不是沒有光芒，而是刀一拔出，立刻爆裂，並發出了一聲轟天動地的爆炸來！

白愁飛一面欣賞著溫柔那粉光致致的胴體，一面反手脫掉了自己的衣服。

其實，他身上也沒有什麼衣服可脫，他只披了一件袍子在外，裡面什麼也沒著。

他的袍子一祛下來，便露出他精悍得像豹子一般的軀體。

如果說他是豹，那麼，此際的他，一定是頭怒豹。

他不是黑豹，而是雪玉也似的、白色的豹子。

他的軀體已一支獨秀，額角崢嶸，雄據一方，面目猙獰。

這時際，他已聽到樓下的格鬥之聲，但他不理，也不顧，他知道他的手下會解決這些沒啥大不了的事，而他要解決是自己的性慾！

他行近溫柔。

伸手。

纖腰盈一握。

乳小如鴿。

嫩巧如杯。

白愁飛只覺喉頭咕嚕一聲，心血賁騰，幾乎要噴出血來。

但他知道這不是迸血的時候。

而是射精的時際。

他要的不是血戰。

而是肉搏。

他現在不要交手，只要交媾。

他騰身而上。

他尋找處子的溫香，鑽入那暖軟的盆地，他以臉埋入那微賁的秀峰間，感受那女子獨特的氣息，並以他雄性的盛怒和所有情慾的微妙，都貫注於蓄勢以待的下身間那獨角獸的尖端上：他像要把敵人扭殺於懷中一般的，挺身而上、鋌而走險、挺槍直入、長驅而入……。

只顧享受。

不懂憐惜。

那溫暖而微狹的縫隙，使他不惜肝腦塗地、一洩如注，也要抵死埋身、殺入重圍。

已給點倒、完全昏迷的溫柔，唉了一聲，許是終在全無知覺中，在這兵臨城下、貞節難保之際，也有些許感覺、些微感受吧。

——那是痛楚？屈辱？還是享受？……

白愁飛只覺欲仙欲死、星飛風舞，便在此際。

突然，轟的一聲，火樹銀花，一齊狂舞，開始是一道金光，在屋頂啪的裂瓦穿落下來，在房裡電掣閃爍狂舞不已。快而密集的連環炸響，化作數十度強光烈火，在軒裡不住迸爆迅濺，映得通室光明，如在烈火之中。

的確，爍炸過後，留白軒也焚燒了起來。

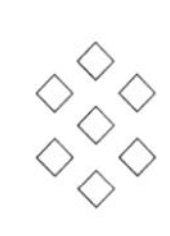

張炭跟樓下陷入絕境、快要不支、在重重包圍中的蔡水擇打了一個照面，蔡水擇忽然拔出他的懷刃。

他的刀馬上爆炸。

一下子，他身邊圍攏的人全都驟然散開，血肉橫飛，掩眼怪叫，仆倒疾退，相互踐踏。

蔡水擇本身卻沒有事。

他是「黑面蔡家」的好手。

他那一家是武林中專門打造奇門兵器的翹楚。

這就是他近年來苦苦鑄造的兵器：

爆刃。

他的兵器以火器爲主。

別忘了：他的外號就叫「火孩兒」。

他用「爆刃」逼走了包圍他的敵人。

然後他拔出「炸劍」。

他的「劍」似火箭一般，跟劍鍔接連之處乍噴迸射出眩目的火光，呼地脫離劍柄，直沖上天，射入第七層樓：留白軒！

然後留白軒馬上發生爆炸。

炸得通室火光。

然後便發生燃燒：

——留白軒失火了！——

一下子，大家都亂了陣腳，蔡水擇乘機在爆炸中疾衝回樓內來。

張炭倒殺了下來，接應他。

兩人在第二、三層樓梯間會集。

蔡水擇負傷已重，鬥志卻旺：「我的兵器已快用完，你快走，我殺上『留白軒』！」

張炭怒道：「要上，咱們就一起上！我張炭沒有獨活的事。」

蔡水擇跟他一起趁亂殺上第四層樓，有不少人正惶然搶湧下來，一面嘶聲道：

「……何必一起死！有人能活，總是好的。」

張炭一面施展擒拿手，一面對每一層樓的文件大肆攪亂，使把守的人驚惶失措，顧此失彼，一面大聲吼道：「廢話！溫柔還在上面，你放個什麼火！」

兩人一起殺上第五層樓，意外的是，那兒反而沒有人把守。

張、蔡二人交換了一個眼色，搶步欺入第六層樓。

第六層樓確然有人，但都往第七層「留白軒」裡搶救：

——救火！

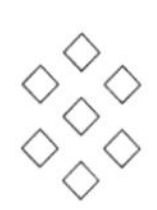

這瞬息間，兩人身上都染了血、流著血、淌著汗、揮著汗，兩人心裡同時都分曉了幾件事：

越接近高層，人愈少。

第五、六層樓的人，見頂層失火，都無心戀戰，有的遁下樓來逃生自保，不逃的人便搶上樓去救人救火。

張炭和蔡水擇就趁這檔兒攻上了白樓第七層：

留白軒！

九十七　肉體有肉

金光燦爛。

星火四耀。

金光星火互迸互撞，變作火光。

白愁飛冷哼一聲，正想起身去撲滅那火，但在這焚燒焰火之中，忽然覺得一股平生未見之烈的慾火，像是硬封死鎖在體內的洪荒猛獸，直欲破體而出，以開天闢地、滅絕人寰之勢迸破而出，不可稍抑，使白愁飛不惜焚身其中，也算不枉；粉身碎骨，在所不惜！

他在慾念狂湧如亂石崩雲、驚濤拍岸之際下了決心：

無論發生了什麼事，他都要先行享受這精光火熱的胴體，得到再說！

白愁飛認爲：要得到一個女人的心，就得先行得到她的肉體；管她愛不愛自己，你連她的身子都得到了，還在乎什麼精神上愛不愛自己！

就像對付一個人，殺了他便不怕他報仇、還擊了。對一個女子也是：佔有了她便誰都挽回、改變、償補不了這個事實；就算她日後變了心，但而今畢竟也曾是屬於過自己的！

在火光中去侵佔一個美麗、純潔而暈迷了的女子，這感覺更使他熱血賁騰、獸性大發。

就算他要救火，也大可在完成侵佔、射精之後。

——更何況，看這火光，一時還燒不到身邊來！

火在床外。

肉體在床上。

他有的是肉體。

用他精壯的肉體去侵佔另一柔美的肉體，他認爲是至高無尙的享受，也是神聖無比的事情。

爲這樣的事，値得惹火燒身。

——他要先撲滅體內的火，再去管床外的火光！

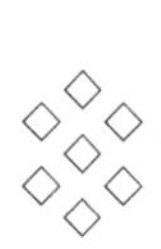

死有何懼？生要盡歡！

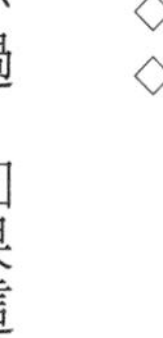

——只不過，如果這歡愉是建立在別人的痛苦上呢？

「砰」的一聲，門給攻破、撞開！

白愁飛霍然而起。

他赤裸。

面對

來人

來人不是他人。

也不是敵人。

而是自己人。

◇◇◇

這些人守在第六層樓，見「留白軒」失火，又見樓主在裡邊並無動靜，以爲白愁飛出了事，於是撞破大門，衝了進來。

衝進來的人，全都慴住。

他們看見站立著完全赤裸的白愁飛。

還有衣不蔽體的溫柔。

他們除了震慴，也同時瞭解自己的莽撞誤闖……

「樓主，對不起……」

「因爲失火了，我們怕您……」

「我們生怕樓主出事了，所以才……」

闖進來的一共是四個人，由萬里望帶領。

他原名和外號都叫「萬里望」，剛在唐寶牛和方恨少手上吃了虧，連腰牌都給方恨少摸去了，才致有「太師」和「太師父」受辱的事。但在這件事裡，他把責任全推到孫魚身上，所以沒有受到重罰，也算奇蹟。

由於他的機警和反應奇快，所以他才在烈火中不退反進、不下反上，意圖闖入「留白軒」裡救主領功。

沒料，這看來不是功。

而是「誤闖」。

——破壞了「好事」的誤闖。

進來的四個人，有三人一齊開腔解釋，只萬里望一人，二話不說，一把跪了下來，俯首叩地。

說話的三人，沒有一人能把話說完。

因爲白愁飛已在這時候出手。

——在他獸慾高漲、春情勃動之際，他最憎厭聽到的是貿然闖入的人，一開腔不是道歉，而是義正辭嚴地爲自己開脫、解釋。他討厭這種部屬。對就是對，錯便是錯，而不是推諉責任。

是以他把一切精氣和精力，發出了一指：

「蓬」的一聲，爲首一人，竟給指勁打成一堆破碎的血肉！

另一人赫然驚叫：「樓主，不，不——」

「砰」的一聲，白愁飛向他發了一指，把他的胸口炸穿了一個大洞。

胸膛乍現了一個人頭大的血洞的他，沒有立即死去，反而俯首看著自己的胸，狂嘶不已。

第三個人拔腿就跑，白愁飛又「嗤」的彈出一指。

「啪」的一聲，他的後腦跟前額多了一道直貫的血洞，他的人卻仍在向前直跑，然後咕虁咕虁連聲，他已栽下樓梯去。

白愁飛彈指和彈指間連殺三人，慾火稍斂，精氣略洩，就在這時，兩人疾闖了進來。

兩個滿身血污的人。

一個黑面人的臉已裂了。

他手上有一把刀，很短，上面扒滿了紅色的蟲子。

另一個的臉一邊白一邊黑，英俊的臉上長滿了痘子，正在大喊：「溫柔！溫柔！」

白愁飛瞳孔收縮，臉色煞白，冷冷睨視著二人。

兩人一進軒來，看見這等情形，已怒火中燒，張炭馬上要撲過去護著溫柔，蔡水擇卻一把扯住他：

「他是白愁飛，別輕舉妄動！」

「他把溫柔這樣子……我宰了他！」

「你這樣衝動，只怕宰不了他，還不打緊，卻仍是救不了溫柔。」

「你還不快把火熄了，燒著了溫柔，怎生是好！」

「不會的。我那『炸劍』的火是假火，有光沒熱，燒不死人的。」

張炭這才明白蔡水擇爲何能這般氣定神閒，這才注意起蔡水擇的提示來了：

「我纏著他，你去救溫柔。」

「不。」蔡水擇堅定的搖首，他一面搖頭，血水也不住的搖落下來，「他要的是溫柔的身子，不像是要殺她，看來一時之間她尙無性命之虞……」

「你瘋了！」張炭低聲咆哮：「你難道置她不理!?」

「不是不理，而是不必分身分心去救溫姑娘；」蔡水擇沉著的說，「反正已攻不出去，咱們一齊合攻這白無常，把他趕出房外，咱們先據地苦守，守得一時是一時……」

這是蔡水擇的定策。

——可是要把白愁飛逐出留白軒，能嗎？

可能嗎？

這時，樓梯那兒步聲沓雜，不少風雨樓的弟子正衝上「留白軒」來。

另外，風雨樓外叫囂聲厲，喊殺連天，宋展眉、洛五霞等人正在樓外高聲叫罵，索討溫柔張炭等人，吸住「風雨樓」的主力。

「風雨樓」裡自然派出梁何、朱如是、祥哥兒等出去應付著。

在「留白軒」內，赤裸的白愁飛正雄立於身無寸縷的溫柔晶瑩玉體之旁，對峙軒前兩個情急謀對策的血人：

「火孩兒」蔡水擇與「神偷得法」張炭！

金風細雨樓內，正狂風起、暴雨急、山雨驟來風滿樓！

稿於一九九二年十二月中旬／倩七度來港／上海一選集收入我詩作／「少年冷血」大陸版困擾／禤匯款至／朗誦「佩刀的人」／花山版「中國武俠辭典」收入我之資料／「會京師」與「少兒出版社」定約。

校於九二年十二月十八、十九日農曆壽宴：出書「藍牙」／敦煌、漓江付版稅／十九凌晨溫倩孫梁何余琁麒「金屋」＋「總統」歡聚／十九午：溫瑞安、羅倩慧、梁應鐘、何家和、孫益華、周湘珏、陳偉雄、李虹霖、陳念禮、梁錦華、梁淑儀、陳琁等十六人、「黃金屋」大聚、普善齋壽宴／十九晚：十人樂嘉中心歡敘。

第四章　怨女溫柔

九十八　情感有情

這個風夜，她轉出林蔭，轉過長亭，就看見那一角星空下乳色的高樓，樓頂燈火通明、火花爍耀，彷彿在雲湧霧翻的夜空下留下了一方空白。迎向蒼穹、俯瞰碧波，這一角樓宇頗有獨霸天下遍地風流的氣派。她知道現在裡邊住著誰。她會報仇。她正等著。她等候到了這樓宇裡的主人崛起、背叛、全盛，然後也等待著這氣宇非凡的樓宇的逐漸衰微、失敗、乃至全面毀滅。她等著看到這些，她不惜暗中出手造成這些。

然後她又踱到那株老梅樹旁。

梅花幽香，似淺還深。

梅紅怒放。

她深深的吸了一口沁人的梅香，然後擷了一枝梅花，斜斜插在霜後微濕的泥地上。

——難道她以梅枝爲碑，以梅花爲祭，以梅香爲祀？

在這方興未艾的夜裡，她紀念的是誰？

不。

只在她的漂亮的手勢插下了梅枝之後，那地裡忽然傳來軋軋的聲響，然後她所立的地面忽然徐徐裂開……

就像一把徐徐展開的扇子，上面畫著的是山是水、有何題字，都將會在扇面盡張後一一看見。

◇◇◇

她的容貌，遇雪尤清，經霜更艷。

當年她在江上撫琴：

而今她的心早已斷了弦。

◇◇◇

她是雷純。

——當今「六分半堂」的總堂主：雷純。

「你能聽到琴韻，是因爲琴有弦。

一個人有感情，是因爲他有情。

——雷純呢？

怎麼她寂寞眼裡所流露的鬱色，竟令人覺得那不是情，而是沒有了情。

無情。

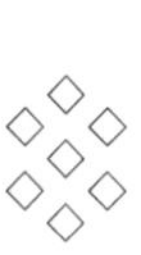

無情到底是爲了情到濃時情轉薄，還是情到深處無怨尤呢？

你說呢？

——誰知道。

若道無情卻有情，要知道天若有情天亦老，要說無情還真莫如去問無情。

——這「無情」當然是「四大名捕」中的無情。

可是就連無情，也不是真的完全無情的，他只不過是感情太脆弱，怕自己情感上太易受傷、受傷太重，所以以「無情」爲盾爲堤，作爲防患。有誰能夠絕對無情呢？

◇◇◇

在「金風細雨樓」白樓頂層：「留白軒」上，赤裸的白愁飛以雄性且雄壯的身軀咄咄逼人的雄視張炭與火孩兒。

張炭沉聲怒叱：「放了溫柔！」

白愁飛冷哂：「要女人，自己來搶！」

張炭忽然一沉身，宛若龍之騰也、必伏乃躍。

白愁飛眼如冷箭，緊盯張炭。

但伏的是「神偷得法」，躍的卻是「火孩兒」！

蔡水擇飛竄向榻上的溫柔，別看他負傷重，動作快逾飛狐。

白愁飛眼盯的是張炭。

但他隨手一指，「哧」的一聲，指風破空急射蔡水擇。

他一動，張炭也就動了。

他一矮身、躍起、急彈，以觀音掌勢，雙掌一闔，拍住了白愁飛所發出的指勁。

張炭闔住了白愁飛的指勁，猛的一熱，大叫一聲，張口猛噴出了一口氣，同一時間，他臉上本來正開得甚爲「旺盛」的痘瘡，忽然之間，盡皆冒出了膿血來。

但他也同時在白愁飛衣褲摸了一把。

白愁飛冷哼一聲，膝不曲、肩不沉，一閃身已攔在榻前。

這樣一來，蔡水擇的身形等於向他撞了過來。

白愁飛有恃無恐的等著。

蔡水擇飛掠的姿勢也十分獨特。

他幾乎是貼地飛掠的。

他直掠到靠近白愁飛雙脛三尺之遙，才兀然往上豎掠，立定出刀，大喝一聲，一刀斫向白愁飛。

白愁飛微哼一聲，左手五指，如蘭花一般的拂了出去。

他平素出手多只一指，而今五指齊出，也算罕見。

霍的一聲，連五指拂在刀上，那把刀立即「消失」了。

這「刀」本來就是「蟲」聚成的，而今盡皆給擊得消散於無形。

同一時間，張炭又已攻到，白愁飛右手拇指「噗」的射出一縷劍風，在張炭掌勁發出之前，迎面射去！

張炭這次坐馬橫身，以右掌硬擋一指。

格的微響，張炭右手中指指骨遭指勁擊斷，但他左掌五指撮合如啄，向白愁飛急攻一招。

白愁飛手揮目送、宛如樂者把玩弦絲，見招拆招，佔盡上風，但這一下，陡覺對手那一啄，竟是自己「驚神指」指功。

他剛才發出了一指「小雪」，而今竟以五倍之力回襲。

他不由得大喫一驚：

——這小子是幾時學得自己「驚神指」的!?

白愁飛應變奇急，右手其他四指立即以「大雪」指訣，疾彈出去，封住了張炭來襲的五縷「啄風」，並在刹間已彈起兩倍「小雪」的神功，把他強震出丈外！

張炭猶如著了一記爆炸。

然後他立時銳意反攻：

——這兩人，都很煩纏，宜立即殺了！

但這同時，他忽然發現，身上有七八處忽然一麻！

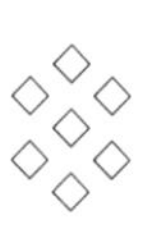

蟲！

原來他身上至少有七八處，已爲蟲所噬！

他剛才彈向「刀蟲」的那一指時，刀上那些紅色的蟲全給他一指震散，但並沒有完全死透，有的竟從有色成了無色，悄沒聲息的落到他沒穿衣服的身上！

他太輕敵，以爲已五指一式，破去了火孩兒的「刀蟲」，又因張炭施「反反神功」，反攻指勁，吸住了他的注意力，致給「刀蟲」上身，奇險萬分！

他心中一凜，踩步急退。

蔡水擇趁此急攻，惜他手上已沒了稱手兵器。

這時，忽聽一聲輕叱：

「我來幫你！」

只見「前途無亮」吳諒已殺了進來，猛步跨前，以他的「黑刀」直戳白愁飛背門！

蔡水擇趁機喘得一口氣，反手自懷裡掏出了一個楊桃型的「兵器」來。

但他還沒發動，已聽張炭大吼：「小心——」

——小心？

——小心什麼？

他一時還沒弄清楚，卻知道張炭已發了狂般疾衝了過來，右掌除中指之外，如戟直插向吳諒。

蔡水擇這才把眼光落在吳諒身上。

可是已遲。

吳諒的「黑刀」已奪地插入了他的左脅，黑色刀尖並自右脅穿了出來！

九十九　黑刀

血本來是什麼顏色的？

——紅色的。

而今他流出來的血，竟是黑色的。

——那是因爲刀太毒，使他的血馬上轉了色？還是下手的人太卑鄙，以致遭他暗算的人不願流出紅色的血？

庭園寂寂。

這兒本來就是「六分半堂」的第一重地，雷純閨房「踏梅尋雪閣」的庭院。

這裡有老梅三百廿四株，每到冬至春寒，梅香撲鼻，花落如雨。

前幾夜都下了雪，今晚有風沒雪，寒意沁人，雪微消融，然而地上的雪卻迅速裂開。

一陣軋軋連聲，地面裂開了五尺約寬的隙縫。蒼穹裡沒有月，星光很燦爛，彷佛上天正舉行天神的夜宴。

機關發動，地面洞開，裡面似乎坐著一個人。

這人趺坐在那兒，如老僧入定，不知已生了多少年、多少月、多少日、多少時辰，甚至不知他是否已然坐化。

誰？

——這個住在地底裡、六分半堂內、雷純閨閣下的人！

◇◇◇

「你好。」雷純對這地底裡的人很客氣。

「妳好。」地穴裡的人對雷純也很客氣。

「今晚一切都還好吧？」

「還好，只是夜空的星太繁亮了些。」

「地面的人今晚更熱鬧。」

「哦？」

「時候到了，他們已打起來了。」

「——是誰跟誰？」

「白愁飛在『留白軒』抓了溫柔，張炭和蔡水擇為營救她而殺上了白樓，宋展眉和洛五霞等人在風雨樓外展開了包圍，不久定會打起來的。」

「可是王小石仍未出現，不一定會打得起來。」

「王小石一定會出現的。」

那地洞裡的人略一沉吟，終於還是問：「何以見得？」

「溫柔失貞，張炭遇險，火孩兒遭厄，你說王小石會躲著不見人否？他跟白愁飛遲早有這一仗，避不了的。」

「……妳說的對。」

「所以，你的時候到了。」雷純婉然一笑：「一切你都瞭然於胸，期盼已久，你只是沒說出來、裝不懂而已。」

地底裡的人默然。

「今天晚上，是你多日以來枕戈待旦的日子。你苟延殘喘，就等今天，這是你夢寐以求的日子。現在時機到了，一如我跟你約定了的，我助你去報大仇，完成夙願。」

半晌，那人才有氣無力但十分尖銳的問：「妳爲什麼要幫我？」

雷純的眸子深邃如夢，淺淺一笑，也十分嫵媚：

「你的崛起取代了六分半堂，五年來，你的勢力把我們堂裡的人打得抬不起頭來做人，你又並未履行婚約娶我，還殺了我的父親——你說，我爲什麼要幫你？」

然後她又嫣然一笑，萬分驚艷：

「——也許，就爲了我不幫你、現在還有誰來幫你、誰還幫得了你這一點吧！」

她那麼漂亮，語音孅孅動人，人又單純極了，但隨口說出去的話，卻直如一記閃電、一道驚雷。

「來人哪，起轎，我帶你去見一個人，他也一定非常意外，說不定還會十分驚喜。」她說，笑起來眼眸如夢，梨渦猶如夢正深深。

◇◇◇

蔡水擇沒料吳諒會倒過來給他致命的一擊。

吳諒一刀得手，黑刀猶在蔡水擇體內，但仍不及抽回，張炭的右手四指已戳向他背門上。

張炭的攻襲來得好快！

且奇！

吳諒本要反肘倒撞了出去，但張炭這四指剛吸收了白愁飛「大雪」四指的功力，吳諒如何抵擋得住？

張炭第一指已卸去了他的肘勁。

第二指已洞穿了他的肘部關節。

第三指竟把他整隻手臂彈飛出去——跟臂部扯裂斷掉然後才「飛」出去！

第四指則捺在吳諒背門上。

吳諒慘嚎，吐血，倒地，歿。

喫驚的是白愁飛：

——這倒使他見識了張炭的「反反神功」奇效。

更吃驚的是張炭：

——原來白愁飛的「驚神指」真有驚天地而泣鬼神之力！

但他傷心更大於驚心：

——因爲蔡水擇已遭了暗算！

這使他十分自責，十分追悔：

因爲他竟不及告訴和提醒蔡水擇：他在四樓窗戶望下去之際，另一件發現的奇事便是——吳諒在「風雨樓」的子弟中，不是在苦戰，也不是在突圍，而是在跟梁何、歐陽意意交頭接耳的在密議！

所以他對吳諒早有提防，因此吳諒的「黑刀」一出手，他就馬上出手。

但還是遲了。

他不及救蔡水擇。

他只能殺了吳諒，但挽不回蔡水擇的厄運。

——他就是因見吳諒行動怪異，以爲蔡水擇也是內奸，所以才沒有及時把吳諒有變的事告訴火孩兒，而致蔡水擇在毫無防備下遭了暗算！

而厄運仍未過去。

白愁飛已一個箭步，掠了過來。

張炭十分清楚，自己憑「反反神功」，還能勉強抵擋兩三招，但久戰必敗。

何況他已失去了蔡水擇的支持。

而白愁飛隨時都有風雨樓弟子的支援。

依目前的情況：他們是輸定了，也是死定了：

——那麼溫柔該怎麼辦？

誰來救她！？

出乎意外的是：

蔡水擇兀然拔出了「黑刀」。

黑血疾噴。

血雨灑落在溫柔的胴體上。

白愁飛一晃身，一指捺向蔡水擇。

他用的是左手尾指。

張炭再沒有猶豫的機會，右拳一迎，以拳擊白愁飛。

白愁飛忽爾彈出了右手尾指。

這一指彈得獨特怪異，張炭別無選擇，急遞左拳，硬接這指。

這一來，「反反神功」已不能成功將兩道指勁化解，更不能轉爲己用，反而一齊左右夾攻體內，張炭大吼一聲，鼻孔、耳孔、瞳孔一起滲出血來。

這一招，硬接下來，他已喫了大虧。

這一次，白愁飛已在上一回交手中覷出了他功力的破綻，然後一招攻破。

這一下，張炭只覺金撞鐘鳴、火星亂迸、血氣翻騰、痛苦不堪，一時無法應戰，身子不住在原地旋轉，而他雙手用力掩著雙耳，尖聲狂嘯，才能抵消心頭煩惡、血氣翻湧。

白愁飛一閃身，已至蔡水擇身前。

蔡水擇卻一刀斫了下去。

他斫的居然不是白愁飛。

而是溫柔！

◇◇◇

——已經昏迷了的、幾乎受到失身凌辱、像一朵花般嬌嫩的溫柔！

（他竟忍心殺她！）

（他竟向她下毒手!?）

一〇〇 黑道

如果他那一刀是斬向白愁飛，得手的可能幾乎是完全沒有。

但他現在斫向的是溫柔。

——這就極有希望臻功。

因爲白愁飛意料不到。

不但是白愁飛沒料到，連張炭也大感意外，所以他大叫：

「蔡黑面，你瘋了!?」

白愁飛一指戳向蔡水擇。

——天中部位！

刀，是黑色的。

胴體，是白皙的。

刀，架在溫柔的腰身。

她全身皮膚細緻白嫩，只腰下那一叢嬌媚神秘的黑，與刀鋒自映成趣。

刀只要再輕輕用力，就會把溫柔鍘成兩截。

指，就捺在蔡水擇額上。

——但還沒有發力。

情況非常明顯：

蔡水擇的眼神告訴了他一件事——

只要他一發指勁，他也會一刀把無辜的溫柔切成兩段。

◇◇◇◇◇◇

溫柔許是仍在昏迷中，但在黑色刀鋒下白得令人眩目的腰膚掠起了一陣寒慄。

蔡水擇身上仍淌著血。

他的手仍顫抖著。

他的人也喘著氣。

刀鋒上依然淌著他自己的血。

血厲紅。

女體雪白。

血滴在溫柔白皙的柔膚上，份外矚目，十分分明。

白愁飛的手指仍捺在他的額上。

「你的指頭一發力，我就斫下去。」蔡水擇喘了七八口氣，才能說全了這句話，但就算他每說一個字都頓上一頓、停上一停，但每個字仍十分清晰。

「你不會斫下去的。」

「爲什麼？」

「因爲你沒有理由殺她——你要殺的是我。」

「你可以試試。」

白愁飛靜了下來。

很文靜的那種靜，像一隻斂翅的白鶴，他對敵而又尚未出手時候的樣子很漂亮。

——許是「靜若處子」就是指他那種人。

他左看、右看、仔細端詳：這個他差一點就佔有了的玉潔冰清的身體，一時並未表態。

「無論我怎麼想——」白愁飛好整以暇——事實上，時間的確完全有利於他那一邊——的試探道，「你似乎都沒有理由殺死溫柔。」

「你沒看出來嗎?我已經是個快死的人了。」

「對，你已是個快死的人了，還多害個無辜的性命作甚?」

「但我的命是你害的。」

「可惜你殺不了我。」

「可是你喜歡她，而且顯然的你還沒有得到她。」

「所以你只要殺了她，至少可以打擊我，讓我永遠得不到?」

「猜對了。」

「啫啫啫，這就是『象鼻塔』漢子們的俠義行逕嗎?」

「不錯，我是象鼻塔裡的子弟，但你也別忘了，我加入『象鼻塔』前，是個什麼人?」

「你姓蔡，我沒忘記。」

「我們『黑面蔡家』，習慣翻臉不認人。再說，咱們兵器大王蔡黑面不能算是正規的武林中人，要算，也只能算是黑道上的人，黑道上的作爲，講究黑口黑臉黑手黑心肝，不需要講究一大堆無聊的原則和規矩。只要我殺了她，能打擊你，那我就一定會做。她又不是我的老婆。只要她死在這裡，你和『老字號』、洛陽溫家及『象鼻塔』的樑子就這輩子都解不下了。」

白愁飛瞳孔開始收縮，蹙眉微有痛苦之狀，瞄了正自後側掩上來的張炭一眼，道：「但今日的事，有他目睹作證。」

「對了，」蔡水擇道，「所以我只要殺了她，你就得留他的性命。」

說著把刀鋒一鍘。

「慢著！……有話好說！」白愁飛這次可有點情急了，「你想怎樣？」

「我不想怎樣，」蔡水擇說，「我只要你滾出去。」

白愁飛又皺了皺眉然後笑了：「我出去，你以爲你們就能逃得了嗎？」

「逃不了。」蔡水擇道：「可是只要你們一旦硬闖進來，我們就先宰了溫柔。我們沒了命，你也沒了到口的美食。」

「你知道嗎，」白愁飛負手冷哂道，「你的威脅十分荒謬。用你們自己人的命作爲脅持，真是狗屁不通。」

「你知道嗎？」蔡水擇血污的臉卻展現出白得雪亮的牙齒，「不管通與不通，你只要再猶豫，我就一刀斫下去。」

說著，眼看他的刀就要往下剁落。

「慢著！」

白愁飛終於喊出了那一句，跺跺足，收了指便走，臨走恨恨也狠狠的拋下了一句話：

「就讓你們據持『留白軒』，看能守到幾時！」

卻在走時，撤了的手指遙向溫柔身上一拂，這下卻在蔡、張意料之外，不過溫柔只「嗯」了一聲，並沒有什麼異狀，這時白愁飛已領萬里望疾步行出。

一〇一　白道

白愁飛悻然退走「留白軒」，外面已候了一大群子弟。

萬里望卻在白愁飛越身而過時，卸下披氈，披在他的身上，並急急說了一句：「樓主，我看他多只虛張聲勢，我們配合驟起一擊，大可格殺這只剩小半條命的裂臉鬼！」

白愁飛卻冷然橫了他一眼：「我豈是他們迫出來的？讓他們苦守留白軒，咱們才能放長線釣大魚！再說，以那黑面鬼身上的傷，能撐到幾時？他一旦翹掉了，剩下一個飯桶，能有多大作爲！」

萬里望馬上表示佩服與恍悟。

他卻沒注意到白愁飛在說這幾句話的時候，一連皺了三次眉。

或許，就算他注意到，也得假裝沒看見：一個領袖是不會喜歡讓人知道他的弱點的，儘管那是他的手下、心腹。

白愁飛蹙眉的原因正是他退出「留白軒」的另一大隱衷：

他雖精似鬼，但仍著了「刀蟲」的襲擊；他一時能把「刀之蟲」的毒力強壓下去，但必須要一些時間和找一個地方運功把附在要穴上的刀蟲強迫出去。

他現在沒功夫去理會那麼多。

他急不容緩的要去解決兩件事：

一，逼出體內「刀蟲」的毒力。

二，與梁何所佈伏好的主力，只等王小石一夥人入樓，他運用一切所能，殺箇清光。

要做好第二件事，現在他就必須要先做好第一件事。

當然，他不無遺憾。

——始終未能對溫柔一償夙願，真箇銷魂。

他在離開「留白軒」之際，卻做了一件事：

彈了一指。

這一指，是解開了溫柔受制的穴道。

——他啃不下的東西，也決不讓人佔了便宜。

——何況，就算給解了穴道的溫柔，也仍在「留白軒」裡，飛不走、逃不了的。

（溫柔，噢，溫柔。）

想到這女子白而柔而嬌小的胴體，他在氈袍內的軀幹，忽然熾熱了起來。

就在這兒，梁何火速報訊，傳來了兩道消息：

1、一切已佈防好了：「七絕神劍」已到其六，還有當世六大高手中的「神油爺爺」葉雲滅亦已趕到，就等王小石來！

2、孫魚回來了

低頭。

垂首一向是他的掩飾，也是他的本領。誰也不知道他在低著首的是盤算著什麼，還是掩飾著什麼。

別人的低頭可能是因爲氣餒或缺乏信心，他的低首決不是爲了逃避，而是一種莫測高深的姿勢。

他可以是任何人的好友，因爲他瞭解別人。任何人都當他是知交、知音，甚至連大奸大詐的雷損，都當他是唯一至交，但卻沒有人是他的知心。

重要的是：不是他沒有好友，而是他不要任何人是他的好友。

因爲他的心是不讓人「知」的。

別人當他是相知，並不代表他也當別人是知交。

他一生下來就低著頭，頸脊不能豎直，令人憐憫同情，可是他卻說過這樣子的話：

「我生下來不是求人諒解與同情的。」

「一般成功的人活著是去做該做的事，但我活著要做的是最該做的事，甚至只做該做而別人不敢也不能做的事。」

這就是他。

他就是狄飛驚。

——「低首神龍」狄飛驚！

「我帶了一個人來見你，」雷純遣她三名劍婢和另一名不住拿濕巾抹臉的俊臉凸腹的漢子，抬著一頂深黛色的轎子疾行入「六分半堂」的「不驚堂」裡來，然後跟狄飛驚說，「這個人曾是我們最可怕的敵人，現在卻是我們最重要的朋友，這個人全武林、整個江湖、偌大京師裡的人都在找他，然而他卻在我的身後，你的眼

前。」

然後她問：

「你猜是誰？」

狄飛驚垂著頭、縮著膀子、屈著腰脊，似乎份外能感受到那問題重若千鈞。

「那就應該是他了；」狄飛驚低沉的語調、配合了他低首，彷彿在垂目審視掛在他胸前的一方白色透明的水玉。

——暗紅透紫的那一塊在「三合樓」、「六合閣」裡給白愁飛一指打碎了，但碎了那紫的還有這白的，毀了那一塊卻還是有這一塊。

然後他說的三個字亦有重逾萬鈞之力。

他說的是一個人的名字：

「蘇夢枕！」

◇◇◇

蘇夢枕！

雷純似呆了一呆、怔了一怔。

她似乎也沒料到狄飛驚會料得到，而且一料就料到了。

「你是怎麼料到的？」

所以她問了這句話。

沒料，狄飛驚乍聽這句話，卻明顯的嚇了一跳，好像鼻尖給一塊燒熱的炭火炙及一般：

「真的是他！？」

雷純點點頭。

狄飛驚跺足，終於仰天長嘆了一聲。

他難得抬頭，在夜色裡，眼神依然明亮，眼色之麗，直奪美人之目，佔盡粉妝鉛華，悠亦不及之。

白愁飛一出「留白軒」，「火孩兒」蔡水擇忽然搖搖欲墜。

張炭連忙攙扶著他：看到這結義兄弟渾身是傷，不覺潸然淚下。

「你要撐下去啊……兄弟！」

「……對不起，炭哥，請原諒我……」

「今兒你做得很好啊——你救了我、救了溫柔，還要我原諒你什麼！」

「我不是故意要傷害溫姑娘的……可是，若不如此威脅他，只怕姓白的既不會放過你、也不會放過溫柔。他著了我的刀之蟲，任他絕世本領，也得要去回一口氣，迫出毒力，我這下相脅，讓他正好有下台階……若然沒有把握，我還真不敢拿大家的性命開玩笑哪。」

「我知道……初時我是不明白，現在都知道了。」

「你知道就好了。」

蔡水擇艱澀的一笑，一笑，血水就自嘴裡湧出來。

「我一直對你都有誤會。……自從上次『九聯盟』要吞掉『桃花社』和『刺花紋堂』的『台字旗』一役中，你臨陣退縮、遇戰脫逃，從此我對你就有戒心，懷疑你的勇氣和誠意……就算在老林寺之役裡你表現勇悍，負傷救人，但我還是不能完全摒棄我對你的成見……」

「那不是成見。我確是臨陣脫逃，我的確是怕死，我的確是放棄了與朋友並肩作戰的機會。如果硬要說理由，那就是：那時我父母尚在，他們在『黑面門』裡受到蔡紅豆和蔡黑狗等系人馬的排擠加害，我不得不留著有用之身來護著他們……我們『兵器蔡家』，仗著朝廷裡有個姓蔡的大人物看來比誰都受禮遇，誰都怕了咱們……但在江湖上，誰不是家家有本難唸的經？有了蔡京這等『大敗類』，江湖漢子誰都看不起咱們，不當咱家是真正的武林人物——哎！」

蔡水擇忽然痛得叫出聲來。

「你怎麼了！——快別說這些了！是我不好，都是我誤會了你……」

「你沒有……確是我懦怯、我不好、我自私……我那時確是想：跟桃花社有什麼好？萬一箇不好，就英年早逝，給『九聯盟』的人殺了、整了、滅掉了。我想，其他『七道旋風』裡的兄弟，都沒有顧礙，但我不同……我還有父母、家室！我只是打造兵器的一名世家子弟，又不是十足的武林中人，我只要好好的活下去，幹啥要抱著一齊死……所以，我就沒有……我愧對賴大姊，我慚對眾兄弟們……我怕死，我貪生，我不敢犧牲……我覺得我自己才是聰明人，我要有自己的事業、自己的成就……我不要永久俯從於賴大姊門下……」

「我明白，我明白……」張炭看見蔡水擇一口氣說到這裡，已出氣多入氣少、神智仍淸醒，神氣已在瞳孔散亂，只能垂淚的安慰他，「誰不是這樣想過呢？人不爲己，天誅地滅。我也這樣想過，只不過，每到要害關頭，我認爲活著不如活得好重要。那關節上來時，我總會選擇了我良心裡要做的事；人生裡總是難免一死，做了違心背義的事，活著也不痛快，真是何苦？何必？這也許就是白道、黑道中人不一樣之故吧？剛才你說『黑面蔡家』是黑道中人，其實今天你的所作所爲，白道上的漢子都遠望塵莫及呢……」

「——也不是。我只是看開了。這些日子以來，我一味鑽營，老望出人頭地，不惜離義棄信，但我能賺得什麼？反而內心不安，活得一點也不愜意。真懷念當日跟『桃花社』的兄弟姊妹們，彈劍高歌，快意恩仇，不知多好！原來人生不是爲求俗世功名、世間富貴，而是快活就好！我也放下了。父母大去之後，妻離子散，只我一人，孤身何懼！要生要死，自來自去。我更自在了！所以豁得出去，敢跟『六合青龍』戰，敢與元十三限鬥，敢在這兒唬走了白愁飛——縱這一生算是短了一些、促了一點，也是不枉了。看來……」蔡水擇慘笑起來，流血甚慘，彷彿要流盡他體內的血才能止休，「我不能跟你們再比誰的腳趾甲長了。」

「你……你別這樣說……過去我……我錯看你了……要比喝粥，誰也比不過你！」

「你知道嗎？我是黑面蔡家的人，練有一種『天火神功』和『哼哈二炁』，只要真氣護體，元氣淋漓，我還真一時三刻雖受重擊但死不了……這就是何以我屢遭趙畫四痛擊而能再戰，而也是剛才還能硬持一口氣威挾姓白的原由了……可是，而今，我已傷成這個樣子了，活著已沒有意思了。這樣強挺下去，我只是多受折磨……」

「兄弟，你要撐著，小石頭快來救我們了。」

「我已等不到那時候了……」蔡水擇強笑了一笑，裂了的一張臉裂了個裂開的笑容，「我不能再抵受下去了。請恕當老弟的我閒上一閒，早些放下去吧。我要散功了……說實在的：我到底還是爲逞這一時之勇，仗一時之義而死，在世種種紛華，人間種種盛事，我都無法一一體味領受了，夢幻空華，天火燭照，我今也不止有悔呢。兄弟，如有來生，來生再會了——」

「不！」

蔡水擇倦極了的笑了笑，又笑出了血。

「不!?你要挺下去——」

蔡水擇充滿歉意的握了握、緊了緊本來捉住張炭的手。

「不!?——」

這是張炭第三次叫出「不」字，但他同時聽到一種聲音：

一種炒豆子般的爆裂聲響。

然後蔡水擇整個人抖動了起來。

像一條離水的魚。

他整個人顫哆著，這時際，爆豆的裂響更密集了。

張炭狂吼道：「不行，不行，你不可以放棄！你還是那麼自私，那麼自我，那麼自命英雄！你說去就去，這時候，教我一個人怎撐下去——」

但蔡水擇的身軀已靜止了。

已兀然靜止了。

全然不動了。

張炭呆住了。

楞住。

直至一聲悉悉索索的傳來，有人慵倦惺忪的問：

「怎麼搞的？這兒發生了什麼事？天——我的衣服呢！？」

然後是悠悠忽忽的一聲：

尖叫。

一〇二 樓裡的主人

大紅的轎子，腥紅的簾！

——竟紅得比怒吐的梅蕊還艷。

(可是裡面真的是他嗎？)

(他真的還沒死嗎？)

(他真的是在裡邊嗎？)

(他仍然病重嗎？)

狄飛驚雖然還沒看到那已成了神話裡的傳奇人物，但看到這頂轎子和它的顏色，已引起他無限的想像，無邊的傳奇，無盡的遐思。

他看到這頂轎子，除了發出一聲浩嘆，還驟生了一種嗜血好殺的衝動，恨不得一手粉碎掉這頂轎子才能甘心；又不由然起了一種至高的崇敬，竟有跪下去膜拜的衝動。

——這轎裡的人，一生未嚐過健康的滋味，他的軀體彷彿是用來受苦的，意志也是。越是受苦，他好像越堅強、越堅定。他在位的時候，誰也不能擊敗他；就算他失意的時候，依然誰都不能取代他。

雷純卻仍帶著詫然，且佩且疑的問：「——卻給你料著了：你是怎麼知道的呢？」

狄飛驚又變得匕鬯不驚的了：「我猜的。」

雷純仍敬仍羨的抿嘴笑說：「猜的也要有個譜兒在心裡呀。」

狄飛驚又垂下了頭，只淡淡的說：「不錯，猜的憑據有二：一是推理，二是直覺。」

雷純饒有興味的問：「直覺？你就憑感覺？」

狄飛驚又望著自己胸前掛的頗梨：「我想，金風細雨樓樓主，名動八表、群雄之首的蘇夢枕蘇公子，絕對不會死得這麼容易，死得這般無聲無息的。我一向認爲：像蘇夢枕這種人，除非是他自己要死，否則誰也殺不了他。」

雷純意猶未盡：「然而這道理你又怎麼推出來的呢？」

狄飛驚這回不望自己胸繫的水晶，而改看自己的腳尖，只淡淡的說了一句：「雷滿堂。」

雷純秀眉一蹙：「雷滿堂？」

「可不是嗎？」狄飛驚悠遊的道，「金風細雨樓原創人是蘇遮幕，他有四位生死之交，那是『嵩陽大九手溫晚』、『報地獄寺』主持紅袖女尼，『妙手班門』中的班搬辦，還有『封刀掛劍霹靂堂』雷滿堂。他們四人，確跟蘇家都有過命的交情，就連蘇夢枕當政之後，也沒有放棄四家的情緣。蘇夢枕自己拜師『小天山』紅袖神尼門下，『紅袖刀』便是神尼所賜。班搬辦替蘇氏父子興建天泉山『風雨樓』四樓一塔；而蘇公子的勢力一旦遇危有險，溫晚派了他的得意弟子、也是天衣居士之子『天衣有縫』過來助之。雷滿堂雖礙於雷家外系雷總堂主與蘇夢枕敵對，無法偏幫蘇系的『風雨樓』，但雷滿堂曾任『江南霹靂堂』的代掌門人，如果不是他暗中阻截，雷老總在京裡的實力久未能取下『風雨樓』，霹靂堂早就會派重將來援；雷家遲遲未有重大舉措，以致雷總孤掌難鳴，急於求勝，才會爲雷媚這逆賊所暗算，大志不酬。這樣說來，雷滿堂的情義依然是在的……」

雷純秀眉一挑：「這些跟你判斷出蘇公子就藏在我處，又有什麼關係？」

「關係重大。第一，別忘了，在京裡的派系，以關七最早建立了最大的勢力，其次才是我堂。我堂實力茁壯後，才有『金風細雨樓』的出現……」

雷純應和道：「所以是『金風細雨樓』後『六分半堂』而立。」

「對了。風雨五樓既由妙手班門的班搬辦所建，而當時雷滿堂代表江南總堂坐鎮此處，難保沒有一條『特殊通道』，是從天泉山風雨樓直通我堂的。」狄飛驚條分縷析的道：「對不對？」

雷純輕嘆了一聲：「對。」

「第二，既然白愁飛處心積慮要背叛殺主，他定必已細心佈署，不讓蘇公子有任何活路。就算蘇公子逃得了一時、躲得了一陣，也定必會給他翻查出來的。可是，他顯然並無所獲。一切活路，都給封死。若蘇公子仍留在樓內，決保不住。唯一的可能，就是絕不可能——六分半堂跟金風細雨樓毗鄰而峙，這本是一條死路，卻是蘇公子死裡求生的活路。」

雷純微喟道：「死路後面本就是活路，絕崖之後必有奇景，越寒冷時的花就越艷。」

「第三，也只有這條路，是白愁飛封鎖不了的，也是唯一條蘇夢枕可以從容將之完全毀滅證據的路，何況白愁飛曾亂用炸藥！像蘇夢枕這種梟雄，此時此境，也唯有此路可走。何況這是白愁飛認爲的絕路。他只能把死路走出活路來。」

「你說的一點兒也不錯。」雷純這回在看她自己的手指，「如果把死路走得好，本就可以走成活路。」

她的手指很尖。

很秀氣。

她的拇指上還戴了一隻碧眼綠麗的魔眼翡翠戒指！

狄飛驚認得這枚戒指：

那是雷損死前戴在手上的戒指，雷純是新近才戴在手上的。

「第四，我加入六分半堂已二十年，就算通向六分半堂的暗道，我也一定知道的；」狄飛驚既然說了，就準備把話說盡了：「那除非是就在小姐妳住的『踏梅尋雪閣』閣內。」

「對，」雷純眼裡充滿了欽佩之色，「地道的出口，確就在『尋雪閣』內梅林裡。」

「想來也是。」狄飛驚憶想道，「雷總堂主在世的時候，那兒總派一眾一流高手守著，雷實、雷屬、雷巧、雷合全佈在那地方，那時，妳也還沒回到京裡。」

「我本來也不知道，但爹在『金風細雨樓』蘇公子壽宴裡慘死前，曾在我耳邊說了兩件事。」

狄飛驚也記得參與斯役的人都對他說起這一幕：「雷總他告訴了你甬道的秘密？」

「那時候，爹在通道出口佈下了天羅地網，重狙擊手全都埋伏在那兒，只等蘇公子利用這條隧道偷襲六分半堂，他便可以一舉殲滅之。」雷純抿嘴一笑，梨渦深深：「可是蘇公子一直沒有利用這條甬道。」

狄飛驚點點頭，道：「我想，蘇公子必然想到當年其上一代與雷滿堂交好，既然他知道隧道的秘密，雷總也極可能知曉；雷老總既然知道，就必會屯重兵以待。蘇公子是絕頂聰明的人，自然不會做自招其敗的事。」

雷純笑道：「結果，那就成了他日後的求生之路。」

她美麗得十分風情的說：「幸好，你是我這邊的人，而不是我的敵人。」

狄飛驚聽了心中一震。

然後她又委婉的笑著，笑眄自己的指尖，還有指上的魔眼翠戒：「爹臨死前還不止跟我說這句話。」

「哦？」

狄飛驚沒有正式的問。

但他的語氣卻是問了。

——這種語氣可以讓人不回答他的問意：畢竟沒有問出來，就算不回答也不算什麼不給面子。

狄飛驚做事，一向留有餘地。

——予人留有餘地，就是給自己留了餘地。

「他還告訴我：必要時召集『江南霹靂堂』雷家高手來援的方法。」雷純眨著一雙幽夢似的眼，「除此以外，還有一句話。」

狄飛驚這次完全沒有問。

——他從來不問不該問的問題。

但雷純卻主動的說了：

「雖然他可以說是間接死在蘇夢枕手裡，但在他臨終前卻告訴我：既然我已死了，就是死了，妳要爲我建立的大業而活，而不是爲我報仇而死，這樣我雖死猶活。真正的復仇不是用自己的力量來殺死敵人，而是用敵人的力量來壯大自己。」

狄飛驚聽罷，長嘆道：

「總堂主果然是非凡人物，見識非常人能及。」

雷純笑了。

純純的笑了，但可能因她眼色依然不改其悒之故，令人覺得她是帶點悲淒的：

「所以，我們今晚轎子裡的客人，才能活到現在。」她指著那頂艷麗的轎子切聲的說，「所以，風雨樓裡的主人，才可以活到現在！而且——」

她的柔弱顯得在此時無比堅決：

「我們還等到了時機，讓蘇公子重新成爲金風細雨樓裡的主子：樓子裡的唯一主人！」

然後她忽然改變了話題，向狄飛驚充滿歉意的問：

「這麼多和這麼重要的事我都沒在事前告訴你，」她殷怯的問，「你不會感到生氣嗎？」

「妳做的都是對的。」狄飛驚似不假思索的道，「妳才是總堂主，尤其是那麼重大的事，妳才不必事先跟我說。」

雷純向狄飛驚倩然一笑，非常感激的樣子。

這時候，那頂艷麗的轎子、轎子裡的人卻陡地發出一陣令人悚然的嗆咳，而且像一個病深疾重的彌留者，一口氣把剩餘的呼息深吸力吐出來，然後才說了一句話：

「你們的話不一定都對。」

狄飛驚微詫。

雷純眨著疑問的眼色。

她的眼連悲切、淒迷、猜疑的時候都是鬱色的。

「至少你們就說錯了一件事。」詭異的轎子裡詭異的人以詭異的聲調說，「我是一個自招其敗的人——至少，我重用了白愁飛，就是自招其敗的如山鐵證。」

醒了。

溫柔。

白愁飛臨走前因生怕給這兩條漢子「佔了便宜」，所以他隨手解開了溫柔的穴道。

於是溫柔溫柔地轉醒。

◇◇◇

一〇三　溫柔的相信還是……

第一件事，她便是發現自己竟是赤條條地。

她大驚。

飛紅——

——於臉。

「這是怎麼回事！？」

她羞呼，抓起床單，掩住身子，之後看見張炭也在，忿叫：

「你幹甚麼!?」

張炭訥訥地，轉過身去，又轉過來，想跟溫柔解釋。

正好溫柔正設法盡快的把褻衣穿上，一見張炭回頭，大喊：

「別別別回頭！你敢看我就挖了你的眼睛，餵給麻鷹吃了！你這死黑炭頭，幹什麼的，本姑娘不殺了你……」

這時候，她覺得乳首似有點痛癢，彷彿曾給人輕嚙過，那乳蒂略有些刺痛，乳暈也紅了一大斑。

——但下身……下身卻似沒啥異樣……

（到底這裡發生什麼事情了？）

（白愁飛呢？那死大白菜去了哪裡!?）

所以她見張炭像見了鬼似的疾轉過了頭，她一面疾穿上衣服（好冷，凍得手都冰了——這時她竟還有餘暇這樣想）（真羞家！近日因爲太冷了，今天還沒洗澡，給人這樣瞧了真是——這時她居然還想到這些），一面厲聲問：

「這裡發生了什麼事!?」

話未問完，她已發現地上倒了五具屍體，其中兩具是她認得的，其中一人還是她的好友：

蔡水擇（還有吳諒）！

「天哪！」她叫了起來，「到底是怎麼一回事!?」

張炭正待分說，忽然聽見外面嘶喊爭吵聲遽然停了下來，完全地靜了下來，一時間只聽到馬隊步履調度進退齊整的微響。

張炭忙從窗欞往下望去，只見樓下火光獵獵，照得通明，金風細雨樓裡的人，人人嚴陣以待；這時大柵門忽徐徐往兩邊推開，一隊人馬，緩緩步入，井然有序，馬上為首一人，鵝絨黃色的衣袍，遠遠望去，仍見其膚色白好，氣態清朗，像只是來赴一場吃的玩的樂的盛宴，而且彷彿還無所謂的可以淨揀甜的美味的吃。

張炭這回是第二次自白樓憑欄下望：以前他跟王小石結為弟兄時，常在紅、青、白、黃四樓走動（玉塔則是蘇夢枕的「重地」，別說張炭了，就連王小石、白愁飛也少有徘徊該處），卻沒有現時這種感覺：

他剛才居高臨下一望，乍見自己的「戰友」吳諒與敵人交頭接耳不已，在這四面楚歌的情形下，連少數兩名「同僚」，也變得如此人心叵測，使他產生了一種嚴重的悲情與無助感覺；而今再看悠蕩而入的王小石，只見他赴義如赴宴、視死如視樂；凡他過處，敵人都讓出一條路來，讓他直驅白樓，張炭心中不住喝了一聲來：

大丈夫，當如是也！

——明知山有虎，偏向虎山行。

——生死等閒事，抱劍對千軍！

——養氣不動真豪傑，居心無動轉光明。

（對，就這「光明磊落」，四字而已矣！）

忽覺鬢邊一熱。

原來是溫柔自左後側靠近了他，隨他的視線下望，就看見坦然分眾而入的王小石和他的兄弟們。

「天！」溫柔輕呼，她看見王小石含笑遙向她招手：「發生了什麼事？怎麼王小石也可以直入風雨樓……」

剛披上衣服的溫柔這樣詫呼，只覺一陣剛剛成熟就給掩罩著的處子體香，馥人欲醉。

張炭不止鬢邊覺熱，眼裡看的是她雲鬢半亂、眼兒猶媚，心裡想的是她玉軟溫香火熱胴體，一時連臉頰都燠熱了起來……

（該怎麼告訴她呢？）

（該告訴她哪些事？）

（——告訴她他是爲她而遭困「留白軒」麼？）

（——還是告訴她蔡水擇就是爲了她而死、吳諒因她而背叛？）

（——難道要告訴她小石頭這些人是爲救她而深陷重圍的？）

（——抑或是告訴她白愁飛人面獸心要強暴她？）

她會溫柔的相信，還是——？

◇◇◇

他不知道。

他或許不知道自己該不該告訴她他愛她……

他甚至不知道。

——蔡水擇是不是也暗戀著溫柔，所以才不惜性命來救她……？

——小石頭是不是也愛慕著溫柔，因此才不顧一切以救她……。

——要不是爲了愛，就爲了義便不可以嗎？難道男人只跟男人有義氣，換了女子就不可以？

——自己呢？

（卻是爲啥這般豁出了性命：就爲救這糊裡糊塗的她!?）

你說呢？

人在戀愛中，是不是一下子變成了什麼都可以，或者成了什麼都不可以？是否本來可以的忽然變得不可以了，而可以的又全變成了不可以？

戀，到底苦還是甜？

愛，究竟可不可以值不值得——

去愛？

你說呢？

一〇四　殺出大圍

她依然單純如一次閃電，一道驚雷。

那麼美，美得教人可以忍耐，可以等待，美得帶點稚氣，清純得彷彿連這美的本身也殘酷了起來。

她看著那頂豔麗的轎子，清清而親親的輕輕笑了起來，說：

「白愁飛背棄了你，這才是真正的自招其敗。」

轎裡的人咳嗽。

咳了好久，彷彿連心和肺都咳出來了，才喘著氣道：

「白愁飛小看了沒有雷損的六分半堂，這才是他的敗筆。」

雷純笑語晏晏的道：「他也不該提前引發王小石的反撲，這叫一子錯，滿盤皆落索。」

轎中人咳道：「他沉不住氣的原因是怕再待下去，王小石會因而坐大，他要趁此做掉了他的心腹大患。別忘了，白愁飛是在江湖上用了幾十個化名，失敗了十幾次，才一層一層的、一陣一陣的打上來的，他已不能再失敗，他已三十多歲了，再也失敗不起。」

他頓了頓，語音蒼涼：「一個人年歲長了就敗不起了。我就是這樣子。」

雷純愉快的抿嘴笑道：「可是你敗了依然能再起。」

轎裡人澀聲道：「那是因爲妳。」

雷純酒窩深深：「因爲你是蘇夢枕。」

她婉轉而堅定的道：「只有蘇夢枕才是風雨樓真正的主人。」

轎裡的蘇夢枕沉鬱的道：「——那到底是妳起？還是我起？」

雷純道：「我只知道：我爹敗了，你也必敗——勝利者是白愁飛。他等你解決了我爹爹，然後他設計迫走王小石，背叛了你，剩下的就可以慢慢收拾我、併吞六分半堂了；可是他沒料到王小石會回來得那麼快，而且象鼻塔會崛起得那麼速。他等不及了，所以要立即剷除王小石派系的實力。」

「不。」蘇夢枕有力的更正：「真正的勝利者是蔡京。以前，他籠絡京裡『迷天七聖』的勢力，一時叱吒；只惜關七神智迷惚，不足堪當大任。之後，他拉攏你爹爹，但他也很快發現，雷總堂主既有江南霹靂堂的背後支持，而且也不全讓他牽著鼻子走。現在他知道白愁飛的野心不止於武林稱霸，還想當政，他就利用這個心理，縱控著白愁飛，霸佔風雨樓，對付六分半堂，併吞京裡其他派系實力。真正的獲利者是蔡京。」

雷純一笑：「可是白愁飛的野心著實是太大了。」

蘇夢枕沉吟了一下：「妳的意思是……」

雷純純純的一笑：「我沒有什麼意思。我覺得，這是時候了，白愁飛已沉不住氣了，要調度所有的兵力與王小石一戰，我們正好可去收拾殘局。」

蘇夢枕沉默了一下。

奇怪的是，他一旦沉默下來，彷彿連火把獵獵和蟲豸呢喃之聲也沉寂了下來。場中一時死寂無比。

——天底下，說話與不說之間能有此聲勢者，僅蘇氏一人耳。

「我不明白。」

「人不是老揀他明白的事去做——正如人不是老做對的事一樣。」

「我是妳的殺父仇人，是不是？」

「可以這樣說。」

「——那妳爲什麼要幫我對付白愁飛、收復風雨樓？」

雷純一笑。

笑得真好。

「——那我為什麼要救你、要收留你、還把樹大夫的弟弟樹大風請出來治你的病？還替你保住你的心腹強助？」

雷純眨眨如夢似幻的大眼睛，露出皓齒幽幽笑說：「也許我本就是你未過門的妻子，我本就深深的喜歡上了你……」

「許是英烈的決心，來自似水的柔情。你雖然失敗了，但成功的失敗就是成功的開始。」雷純明黠的說，「這世間一向都是做對了沒有人知道，做錯了沒有人忘記；這是人們的鐵律。要制衡它，就盡揀大對大錯、大成大敗的做，人們反而弄不懂誰對誰錯。」

她純純、美美的一笑又道：「小是小非，謠言漫天飛；大是大非，反易指鹿為馬、黑白不分。前進後退易，左右為人難。」

狄飛驚乾咳了一聲。

雷純輕睨著他：「你也有話要說？……姑且說吧。」

「對付金風細雨樓，是件極危險的事，妳可有把握？」

雷純嫣然一笑：

「我有殺手鐧……白愁飛斷斷意料不到。」

狄飛驚道：「可是就連當年雷老總到頭來也棋差一著。」

雷純淡淡的道：「那時的風雨樓是有蘇夢枕的金風細雨樓。」

狄飛驚：「不過蘇公子已非昔日的蘇公子了。」

雷純：「不錯。所以我才要助他行事，你也得幫他成事。——別忘了，蘇夢枕畢竟是蘇夢枕；蘇公子永遠是蘇公子。」

狄同意：「——有些人，的確是永遠遇挫不折、遇悲不傷的，而且倒下去便一定會爬得起來；在哪裡倒下，便在哪裡爬起來，甚至蹲著的時候也比站著的人高大。」

雷晏笑：「何況，我還跟他找到了他的好拍檔：當年四色樓子裡的總管和莫北神都會重新歸入他的部隊裡。至於『江南霹靂堂』，已派了『八雷子弟』中的雷如、雷有、雷雷、雷同等四雷來。而我們的第一號戰士，他也已恢復了，今兒就要出戰。」

狄飛驚倒吸了一口涼氣，一時作不得聲。

在轎裡的蘇夢枕似也微微一震。

雷純反問：「你還有什麼意見？」

「沒有了。」

「我反而幫助殺父仇人去復仇，你也不反對？」

「妳才是六分半堂的總堂主，我跟隨妳，絕對服從。」

「這不傷害你效忠六分半堂的原則嗎？」

「雷總死後，妳已代表了六分半堂，何況，沒有原則一向就是我的原則。」

雷純笑了，瞇瞇著眼，眼肚兒浮了起來，很嬌也很美。

「這樣很好……」她晏晏笑著，「沒有原則就是你的原則……」

然後她忽然拍了拍手，微揚聲喚：「楊總管主，楊堂主，你這還不出來見見故主……」

只見一個高長瘦子、額上有痣、舉止斯文儒雅、得禮有禮的人，緩步向前，朝轎子深深一揖。

「蘇公子……」

他的語音微顫。

火光中，他在年前仍俊秀英朗的臉，而今已一臉蒼桑、佈滿皺紋，像他用一年的時光老了二十年。

只聞轎中人又震動了一下。

——這種因驚駭而發生的顫動雖然極其輕微，但像狄飛驚這種人還是一定聽得出來的。

只聽轎子裡的人長噓了一聲，好半晌才充滿感情的咳了一聲：

「無邪……」

楊無邪一聽這語音，頓時熱淚盈眶，前塵往事，如飛掠過，百感交集，盡在心頭，種種繁華，一一歷盡，不禁立跪下去，哽咽的喚了一聲：

「──公子!!!」

這時，溫柔卻充滿不解與好奇的問張炭：「小石頭他們來幹什麼?他已跟不飛白不飛的談和言好了麼?」

「小石頭?」張炭看著倒在血泊中的蔡水擇，他那張裂了的臉像極了一個笑容，「他是來救咱們，爲我們殺出大包圍而來的。」

「大包圍?」溫柔看見那一層又一層、一陣又一陣、一堆又一堆的「風雨樓」子弟，這好像才弄懂一些當前「局勢」：「我們要從這兒殺出去!?」

稿於一九九二年十二月廿日：與偉雄、家和、應鐘眾人看戲、街邊大宵夜、吳十七初試「翻立倒豎器」／廿一日冬至：商魂布來港，「新生活報」、「新潮」、「風采」欲進行訪問；會關德輝；教「三小」「轉運法」；溫、梁、倩、何、孫、余、玨、超、榮、利、關聚於佳寧娜小諮；中國友誼出版社擬推出：「一九九三溫瑞安旋風」、簽訂武俠叢刊合約與擬訂武俠中短篇推出計劃、並邀遊大陸；身邊子弟送贈「水晶發炮台」／廿二日：曹正文電傳來港行程，並擬在馬以「港台武俠小說在大陸文壇——談溫瑞安武俠小說的獨特風格」為講題；「少兒」邀我提供相片、手跡、小傳等／廿三日：排難解紛；漓江出版社部份版稅收到／廿四日：江蘇文藝出版社款項匯到徐處；溫瑞安、梁應鐘、何家和、李嘉拉諸子平安夜聚於「三姐靚湯」；七人暢玩於維園遊樂場；與老三、老四、老五、十一妹聚於銅鑼灣卡拉OK／廿五日聖誕節：溫、榮廿四、包旦、神油、吳十七、羅十一、偉利看「夢醒時分」並暢敘於「總統」；五人遊尖東並慶宴於富豪酒店。

校於九二年十二月廿六日：首次「金屋」「竹戰」；與「機月同梁」四子談武俠論音樂教斗數竟宵直至次／廿七日：授術數教唱歌予反斗星、麒麟、何家雞、神油葉／廿八日：動議「小傢伙」延後返馬；張炭來訊聯絡／廿九日：曹來傳真春桂來函；何辭兼差／卅日：曹文寫「四大名捕」；四五大衝突／卅一日：中國文匯報、北京晚報之一九九三年中國書市場預測提我；鄒為文評「逆水寒」；新潮來稿費；九二年除夕晚金屋大會：溫瑞安、羅小倩、何炮丹、大眼嘢、陳麗池、吳氏兄弟、梁淑儀、陳偉雄、沈麗衣、黃氏雙子、陳念珠、黃啟淳、傅瑞霖、李錦明、梁錦華、余一人、陳綺梅大聚，出版「劍挑溫瑞安」。

第四篇　狄飛驚的驚

——驚是一種突然的覺醒。

「我生下來不是求人諒解與同情的。一般成功的人活著是去做該做的事，但我活著是要做最該做的事，甚至只做該做而別人不敢也不能做到的事。」

狄飛驚在「金風細雨樓」、「六分半堂」、「象鼻塔」勢力決戰前後的說話。

第一章 每天都一樣的驚變

一〇五 機

而今騎馬趕赴那一場京師之戰的王小石，經過汴河，只見酒旗凋，燈籠黯，如此殘景，忽聞隱約梅花掠鼻香，驀自省得：此處豈不就是當日他面對（以爲是）無情的轎子，分別以石、雪、梅、棋、針、箭激戰一場之地嗎？

物依舊。

——人呢？

今夜無月。

星燦爛。

風狂嘯而來，呼嘯而去，吹襲得兩岸蘆葦，狂擺亂舞，宛若恣肆張狂的一群海盜。

雪意濃。

雪猶未降，但澈骨的寒，使眼白要結成冰，瞳眸也凝成墨硯。

河床上有很多枯枝斷柯。

王小石憶起當晚他在這兒對敵，而今又是一場赴戰，心中有說不出的感慨，卻揚聲道：「別再跟了，請出來吧！」

這時候，他的兄弟仍未追上他，他只孤單一人，策馬過河。

這人一直跟在他的身後，其輕功確可以做到「神不知，鬼不覺」，但一旦涉水，王小石便從水波的逆流中知曉後邊還有人。

後面的人沒有作聲。

王小石胯下的馬不安的蹬著蹄，許是因未結冰的河水太冷之故。

「是妳。」

王小石閒笑著說話，一點也不像有事在身的樣子：

「我聽出是妳。風吹過妳腰畔繫的簫，簫孔發出微響，我聽過妳的簫聲，我認得出。」

對方默然。

然後一陣簫聲，幽怨中帶著了劍氣，劍氣中隱吐了殺氣。

那簫聲宛若壯士紅粉的輓歌悲曲，傷感而英烈，使王小石又生起那種感覺：

百年如一箭：

且帶少許驚艷。

——彷彿那簫聲既是天籟，也是天機。

然後卻在今夜，這時候，又遇上了這人，這是不是天意？假如是，這天意又蘊含了透露著什麼天機？

也許，人生到頭來，一半要隨機，一半得隨緣。

聽完了後面女子的簫聲，王小石好一會才道：

「妳的輕功進步了。」

「哦？」

「妳的內功也進步了。」

「你怎麼知道？」

「我從妳在我後面我一時沒聽出來而知道的，也是從妳簫聲中聽出來的。」

女子莞爾：「我已練成了『忍辱神功』，現在就等『山字經』了。」

王小石靜了半晌，道：「如果我不給妳呢？」

無夢女也靜了片刻，道：「那我就搶。」

她說得堅決無比。

王小石道：「現在我有事在身，不是談這個的時候。」

無夢女冷哂道：「我就趁這時候跟你討；你只有給我或殺了我兩條路。」

王小石：「我不想殺妳，也不想現在就把『山字經』給妳。」

無夢女忽然靜了下來。

殺氣。

王小石忽然感受到來自後頭的殺意。

河水迅速結冰。

馬凍得不住呵著氣，蹬著蹄。

王小石霍然回身。

他一回身，臉迎著風，一時幾睜不開眼，無夢女卻整個人彈跳了起來，隨手抄起一株斷柯，向王小石迎頭打來。

王小石（只來得及？）一側首。

「啪……」的一聲，王小石竟沒避過去。

斷柯打在他肩上。

左肩。

無夢女忽然感到一種反震之力，斷柯脫手飛去，她清叱一聲，半空中三翻觔斗，落在河床之外。

她臉、頰、耳一齊通紅。

她的手在抖。

映著星光、冰意，她露出來的一截手腕很白，玉藕一般。

「你爲什麼不避！?」

她厲聲問。

聲未顫。

——看得出她是個很怕冷的女子。

「你爲啥不還手！?」

「我爲什麼要還手？」王小石反問，「我說過，我沒意思要殺妳。」

「可是如果你不給我『山字經』，我就一定殺你！」女子固執地說。

王小石向穿著緋色衣飾的無夢女道：「我從來沒有說過不把『山字經』給妳。」

「拿來呀。」無夢女倔強的說。

王小石真的伸手往襟內掏。

「我一直隨身帶著。」無夢女的眼色狐疑了起來。

「猜一猜自從『山字經』在我這兒之後，曾遭受多少次搶奪與截擊？」王小石問。

無夢女只蔑了蔑嘴兒。

「三十一次。」王小石說，「我的師叔變成後來的樣子，可以說是它害的。我不知道元師叔把它交給我的真正用意是什麼，但它確是件不祥物。」

無夢女狠狠的盯著他，她狠的眼色仍是很甜。

風在她背後。

風使她衣袂說著話。

而她自己並沒有回答。

「我想告訴妳的是：我們要想學有所成，就得靠自己的實力。如果依賴秘笈奇功，只怕弄巧反拙，也得不償失。」

他衷心的說：「我們既是武林中人，練武就是我們傾注的工作。假如妳對工作生厭，對生活的藝術也投機取巧，妳就會真的對一切生厭，那麼生命中最大的快樂，妳就享受不到了。所以『山字經』我也一直沒練。我只怕妳傷心小箭未學成，妳就先傷了自己的心。」

「那是我的事。」

無夢女悻悻然的道，「你不公道。」

「我不公道？」王小石詫道，「我一生只爲公道而戰。」

「世上哪有絕對公道的事！人一生下來，富有與否，美貌醜陋，才智愚騃，就已經不存公道。」無夢女忿然道，「我跟你不能比。你是男的，我是女的。你一入京，有貴人賞識；我呢？我到今天還不知道自己是誰。你有一大堆朋友兄弟，又是象鼻塔的一方之主，我什麼都不是。我跟了元十三限，爲了他可以當我的靠山。他死了，我不靠『山字經』和『忍辱神功』去練成『傷心小箭』，還靠什麼？我不像你，我也不如你！」

王小石沉吟。

「你說給我的，」她在十三尺之遙伸出小手，「拏來！」

「是的，這是個不公平的世界，就算努力，也不見得就有收穫；就算做對了，也不見得就有人稱許；」王小石嘆道：「不過，幸好還有一個疏而不漏的道理存在：不努力，就不會有收穫；不努力得到的收穫，也不會持久。」

然後他說：「如果我把『山字經』給妳，妳身懷『忍辱神功』和『山字經』，那會十分危險的。」

無夢女聽出對方的口風，有點喜出望外的道，「你放心。我有了『忍辱神功』的秘笈，也遇過七、八次劫奪，但都威脅不了我。何況，我也有我的貴人，有他護著我，我誰也不怕——就是你，也惹不起他！」

「如此最好。」王小石說，「但我總認爲練『傷心小箭』傷人傷己，是不祥之物，還是不練爲上。」

「你不給，我就纏著你，我聽說你正急於去救你的朋友，我就看你敢不敢殺了我，看你怎麼找個堂而皇之的理由來獨佔這箭訣！」

無夢女刷地自身後拔出一支黛色的箭，向星穹揚了一揚：

「『忍辱神功』的歌訣就刻在箭身上，你快找個藉口殺人奪寶，少來假惺惺、充好人！」

王小石搖首，勒韁，笑道：「姑娘好厲害的一張嘴。我勸，是勸過了，妳不聽，我也沒法子。元師叔可以說是死在我手裡，他的絕藝沒道理由我承傳，我也愧不敢當。他臨終前的一段日子，是妳陪他渡過的；妳雖口裡說是拿他當靠山，但看得出來，若全沒感情那是假的。——這『傷心小箭』由妳練成，也名正言順，只望妳不要用這絕世奇功，多造殺孽，能存慈悲，恕敵助人，那就功德無量、感激不盡了。」

無夢女聽他口氣，甚覺詫異：「你真的要將它……給我!?那你自己呢？我們交換……可好？」

王小石一笑：「我們男兒漢真要想揚名立萬闖天下創幫立道，應該要靠自己的絕活兒，而不是靠抄襲模仿靠山寶藏靈藥秘笈！」

無夢女聽得出他的語氣浮動，故意相激道：

「是你殺了他，你敢把『山字經』傳我，不怕我一學成就第一個先殺了你？」

「妳若能殺得了我，」王小石微笑道，「就請。」

然後他掏出一物。

一個瓶子。

瓶裡有一張紙。

「我急著有事，無法相陪，」王小石把瓶中稿擲給無夢女，「總之，物歸其主，一切小心，萬望保重！」

接得瓶子的無夢女，喜出望外，只覺手心一陣沁人的冰。

一〇六　隨機

王小石只向橋墩那邊（四年前有個在寒夜裡傷心醉酒漢子飛針破空之處）的黯處深深望了一眼，再不發一言，遂打馬而去。

蹄聲遠去後，無夢女乍驚乍喜，好一會，她感覺到他來了（就是那種溫柔而尊貴的氣質），就來到她的身後。

「我都拿到了，」無夢女乍嗔乍喜的說，「你的猜測沒錯。我要給他『忍辱神功』字訣，他反而給了我『山字經』經文。他果然不堪激。」

她背後果爾輕輕湧現（如一朵尊貴祥和的雲）那溫柔矜貴的聲音：

「是的，妳得到了。」

然後又似帶著絕大的關懷和一點點稚怯的問她：「如果他真的連妳的『忍辱神功』歌訣一併要了，妳會不會交與他？」

「你還說呢！」無夢女啐道：「我不是一早把『忍辱神功』的歌訣都給了你嗎？這哪是什麼秘訣！」

「對，妳都給我了……」那聲音悠遊的道，「說起來，我還真沒好好謝妳哪。」

「謝什麼！」無夢女嗔道，「我的還不就是你的。」

「可是……」那聲音溫和且善解人意的說，「我的可決不是妳的。」

這句話一說完，無夢女就聽到寒風裡金刃破空之聲。

她霍然回身，就看到劍光。

不，血光。

——血一般的劍光。

她在匆匆間用手一格，血光暴現，她眼前一片紅潮，並看見自己一隻手飛向半天。

她眼前的人已一手接住了那只仍拏著瓶中稿的斷手，徐徐收回了血汪汪的劍，笑著對她稚氣的說：

「……現在，『山字經』、『忍辱神功』，都齊全了，烏日神槍，還有血河神劍，再加上傷心神箭，我已足以無敵天下！」

無夢女慘然嘶聲道：「你——！」

那人溫情的一笑，一手拏住無夢女右手緊握的箭。

無夢女死不肯放，那公子溫和的一嘆，惋惜的道：

「事到如今，妳還未夢醒嗎……」

喟息中隨手一掌，拍在無夢女的腦門上。

這人舉掌劈著無夢女臉門之際，忽然也覺察了一股奇特的反震之力。

這輕微的反震非常奇怪。然而他又知曉無夢女（泡泡）是從沒練過這種武林傳說裡的奇功的。

所以他也不以爲然。

不以爲意。

因爲他已得到了練「傷心小箭」的一切條件，這使得向來靜若處子定如禪僧的他，也忍不住開心得不像往昔那般大處謹慎小處也小心翼翼了。

王小石轉身打馬而去時，心中彷彿聽到一個奇異的聲音在呼喚他。

——就像昔年雪夜裡在此地一戰的一切幽魂在呼著他的小名。

如果他不是趕著去救他的兄弟，他一定會遠早就停下來，再回頭去看無夢女，原因是：

一，他總是不放心把一切練成「傷心箭」的秘訣，全交給一個女子。

二，他不知怎的，在心裡總覺得有些不妥，雖然那不妥也還不知道是什麼在哪裡。

三，他覺得橋墩那頭有人在監視著一切，他本應該弄個清楚：到底是誰。

不過，今夜京華合當有事。

他要趕去多風多雨的風雨樓，去救他的兄弟。

何況，這時際，他有部份兄弟，在何小河、梁阿牛帶隊之下，已從另一捷徑抄了過來，跟他會合，而且說什麼趕也不走，要與他並肩上天泉山，理由是：

「『象鼻塔』裡有的是講義氣的弟兄，怎能讓大哥一人涉險？」

「溫柔、張炭、蔡水擇、吳諒是你的兄弟姊妹也是咱們的兄弟姊妹，哪有你一人救得咱們便救不得的道理！」

「只有禍福與共的兄弟，無有難獨當的當家！」

王小石只有嘆息。

——也罷，生死有命，一切且隨緣隨機吧。

一〇七 傳眞機

楊無邪現身之後，那頂妖艷的轎輿，布簾緩緩拉開。

狄飛驚終於又見到了蘇夢枕。

上一次見面，上一次見面是在……

在京師南大街口「三合樓」內，當時是「天下第一樓」：「風雨樓」樓主蘇夢枕，意興風發的帶著他那兩個新結義的兄弟：意氣飛越的王小石和白愁飛，直撲登樓，會著了他，要他勸雷損投降，要他帶領「六分半堂」向「金風細雨樓」投誠……

那時候，蘇夢枕是一個病人。

而且還是一個負傷、中毒的病人。

要任是誰受了他這樣的傷、中了他那樣的毒、得了他那樣的病，早就十條命都不剩一口氣了，可是，他卻要一口氣吃掉號稱「武林第一堂」的「六分半堂」，連眼也不眨。

……那一次睽別，又近十載了吧？

當時那一次會談，「六分半堂」總堂主，就在「三合樓」樓頂之上。

而今，雷損已逝……

就死在「金風細雨樓」的「紅樓」中：「跨海飛天堂」裡！

如今，「紅樓」仍屹立在那兒，在「六分半堂」的重地裡也隱約可以望見樓椽飛簷，可是，「玉塔」與「青樓」，卻在半年前那一陣轟然爆炸聲中，蕩然無存了。

——那「金風細雨樓」原來的主人，也跟他坐鎮的「象牙塔」一樣，在滾滾塵煙中彷彿灰飛煙滅。

剩下的紅、黃、白樓，樓依舊，但已物是、人非。

沒料到，這「六分半堂」的首敵，在他流落逃亡之際，竟然就在堂內重地「踏梅尋雪閣」出現。

——「金風細雨樓」樓主蘇夢枕心愛的一棵「傷樹」下面，竟有一個地道，直通死敵「六分半堂」的要塞！

故而，蘇夢枕在這樣一個欲雪狂風，有星無月之夜，出現在這一頂妖異的轎輿內……

想到這裡，念及這些，狄飛驚心裡不禁一陣恍惚了……

◇◇◇◇◇◇

楊無邪一望見那對鬼火般陰冷的眼神，心中就像焚起一把熊熊的烈火，一向喜怒不形於色（多年埋首各種重大機密的工作，他早已學會無動於衷）的他，也不禁喉頭哽咽、泫然欲泣：

「公子……」

「楊總管。」

轎裡的人伸出了手。

一隻瘦骨嶙嶙的手。

冰的。

——要不是這隻手能動，楊無邪真錯以爲剛才在自己手背上碰了碰、握了握的手，是死了很久的人的手。

楊無邪只覺心裡一酸。

他一向認爲：「男兒有淚不輕彈」，就算有淚，也決不在外人面前淌——可是，今兒重會故主，竟完全抑制不住，他咬得唇角滲出了血，但那淚竟像斷了線的念珠，不住往下滑落。

還是蘇公子先說話：「看到你仍活著，真好。」

「……」

「怎麼悲傷呢？重逢是很好的事。」

「……公子還在，屬下不敢先死。我等了半年，忍死苦守，到處打聽，等的就是公子的消息，待的就是今天。」

「好，很好。」

「……可惜，有很多的弟兄，給擠兌的擠兌，害死的害死了。」

「我知道。我是知道了……」

「不要緊……只要公子在就好了……公子一定能爲他們報仇的。我楊無邪活著，就等今天，只等公子一聲令下——」

「你有心了……記得我們從前在青樓之巔同吟的詩嗎？」

楊無邪臉色忽然一變。

紅了眼。

白了臉。

然後他才能目帶淚光，顫聲吟哦：「……獨立三邊靜，輕生一劍知……」

蘇夢枕點頭，火舌吞吐，照進輿內，映得他雙目一陣寒碧：他的髮已脫落不少。

鬍鬚很亂。

衣袍很藍。

藍得很亮。

亮得眩目。

而且還很香。

——穿這樣亮藍（比晴天還藍，比碧海更藍，比青更藍）的衣飾，還有那麼濃郁的香味，是要掩飾什麼，還是隱瞞了什麼？

狄飛驚這樣的揣想。

他也想起他和雷損的交情。

在「六分半堂」裡，他是「大堂主」，雷損是「總堂主」。

按照江湖上的常規、武林中的規律：老大創幫立道，自少不免有個好老二的支持相助；一旦老大得了天下、打下江山，那麼，老大對老二逐漸茁壯的勢力，定有衝突，只要一生嫉恨，老大和老二的勢力，少不免會來一場併吞、對壘。

雷損是個陰狠、多疑、而且相當殘暴的人：他一向唯利（凡對他有「利」的事，這自然包括了「勢」、「權」、「名」和「錢」）是圖。

狄飛驚卻是個人材。因爲有他，所以雷損的「六分半堂」可以迅速壯大，就算遇上「金風細雨樓」這般強敵，他也一樣可以維持對峙的局面，不衰不潰。

——沒有人知道：沒有了狄飛驚的「六分半堂」，是不是還可屹立不倒。

——但沒有了總堂主雷損的「六分半堂」，的確仍雄視一方，因爲仍有個大堂主狄飛驚！

可是，最令敵人詫異的是（也最使人意外的是）：雷損似乎極信任狄飛驚，一直都沒有抵制他、懷疑他；而狄飛驚也像是極忠於雷損，一直都沒有出賣、背叛過他。

這使得「六分半堂」能夠遇挫不折，遇險能存。

雷損當眾就說過這樣的話：「六分半堂可以沒有我，但不能沒有狄飛驚。」別忘了，狄飛驚不姓「雷」；他在「六分半堂」裡只不過是個外姓子弟。

他也真的珍惜狄飛驚，甚至在總動員偷襲金風細雨樓之一役裡，他真的把狄飛驚留在「苦水舖」鎮守大後方，不讓他稍微涉險。

因而，雷損雖命喪於斯役，但因狄飛驚不死，所以仍保住了「六分半堂」的元氣。

問題在於（難得也在這裡）：

雷損是個大奸大惡的人。他有什麼場面沒見過？什麼人沒對付過？什麼奸計沒用過？不但他做過想過策劃過，狄飛驚跟他共事多年，也一直受重用，可以想像得出來，有許多毒計、陷阱和對付敵手的策略，兩人都曾共同商討、設計過。

可是雷損仍對他推心置腹，既沒有排斥他，也從來沒嫉恨之，更沒有因他知道得太多而防範他，反而處處保著他，從不用對敵的方法來對付他。

同樣的，狄飛驚也是奸詐之人。他跟雷損，非親非故，但雷損不但重用他，許多重大計策，也必與他商量，方才推動。按照道理，他已知道得太多雷損的事：這極可能導致雷損要除掉這個心腹大患或他要先下手爲強推翻雷損兩種結果。

——可是，直至雷損死去那一天，這兩種情形都沒有發生；反而，狄飛驚仍然當他的「大堂主」，一力維護雷純，讓她繼承父業。

所以，而今目睹這星夜裡，楊無邪與蘇夢枕主僕相逢的場面，狄飛驚也在迷惘中想起他的故主……

卻聽雷純在旁幽幽的道：

「他們使你想起爹爹，是吧？」

狄飛驚微微一驚。

要說是「一驚」，不如說是「一悚」吧。

——這女子彷彿能看透人的內心在想什麼。

「自從白愁飛背叛蘇夢枕之後，」雷純說，「我想，最重要的是拉攏一個人，還有留著一個人的性命。」

「你所說的第二人指的是楊無邪？」他沒有問第一位是誰。

「對。」

「白愁飛雖然佔領了白樓，」狄飛驚深深同意，「但只要讓楊無邪活著，那些資料就完全猶如在他腦海裡，像一部機器，可以把那些要點全部傳真下來，這是一座活的白樓。活的白樓當然比死的白樓更有用。」

雷純凝眸望著他。

「怎麼？」

「蘇夢枕沒有死，楊無邪又在我這兒，這些變化，你不覺得有些微訝異嗎？」

「我既身在武林中，便預算好每天都有驚變；我自跟從雷總堂主，也早有心理準備驚變是常事。」狄飛驚淡淡地道，「對我而言，每天都一樣有驚變，驚變已成了平常……」

他頓了一頓，才語重心長的說：「反而雷動天雷二堂主仍然活著，這才教我有點驚心。」

稿於一九九三年一月一日元旦：溫瑞安、何包旦、葉浩、梁淑儀、陳偉雄、李捔慧、陳綺梅、余一人、陳念禮、黃啟淳、傅瑞霖、梁錦華、李錦明及眾讀友等壽宴於松湖，即席共同創構：（1）諸葛先生的名字；（2）「溫派評議」第二冊書名；（3）新武俠雜誌名字。公佈敦煌出版之「劍挑溫瑞安」；安徽文藝出版社部份版稅匯到；葉余鬧醉；「敦煌」版稅三萬六；十一子聚於「新世界酒店」；星洲日報連載「我女友的男友」；曹著「中國俠文化史」邀我作序；教倩初讀方少作。

校於九三年一月二日：安徽文藝出版社擬三月推出「七大寇」系列；長江文藝出版社擬出「六人幫」系列；中時來稿酬；大馬報刊書坊宣傳借用名義；眾子

巧遇趙雅芝；聯合報系轉載作品／三日：溫、倩、怡、梁、念、儀、詹、何、麒吃於「風沙雞」同看「論劍」錄影帶並賞劍；十內圍成員參與「口頭武俠創作接力賽」，笑到碌地／四日：六核心成員共賞「俠女」／五日：自成一派五子會曹。

第二章　英雄有用武之地

一〇八　白費心機

「孫魚回來了！」

——嘿，他回來了。

竟在這時候回來了。

白愁飛正值這當兒有許多大事要做的節骨眼上，卻忽爾想起孫魚近日做了許多讓他不滿的事，而影響較大的事至少有這幾件：

他派孫魚去暗殺朱小腰，孫魚不但無功而返，而且從萬里望的報告中顯示：孫魚還趁機與王小石敘舊，一聲聲什麼「王三當家的」、「小魚兒」的喊得好不親熱。

孫魚竟帶領王小石到「深記洞窟」劫走了他手上的重要人質：王紫萍和王天六！以致他跟王小石的京華龍虎鬥裡頓失對敵人的一道殺手鐧、一張催命符！

孫魚的做法也使他跟龍八太爺系的人鬧僵，而且失信於乾爹蔡京！陳皮和萬里望還因而給附從「八爺莊」的人狠狠的修理了一頓！王小石還當眾人之面前救走了孫魚，這等同孫魚向公眾表白他跟王小石是同一路的人！

這些都是不可饒恕的錯誤，但對白愁飛而言，更不可寬恕的罪行，反而不是孫魚的行事，而是他的笑容！

——那可惡至極的笑容！

孫魚跟梁何不一樣：

梁何嚴謹、嚴肅、嚴厲。

如果用一字去形容梁何，那就是：

「嚴」！

梁何雖然威嚴，但畢竟說什麼都是自己的部屬，在自己面前，只有自己嚴，沒他嚴的份兒！

孫魚則不同。

——梁何顯然是嚴肅的看待生命（尤其是生命中所有的戰鬥），孫魚則十分輕鬆。

所以他常笑：至少臉上常掛著笑容，像隻常駐在花瓣上的蝶。

白愁飛覺得他的笑十分難看，且帶著輕蔑。

至少梁何的「嚴」不敢針對他，然而孫魚的嬉謔輕忽：那不懷好意、自以爲是的笑，卻是對誰（包括自己）都一視同仁！

爲此，白愁飛已痛恨他許久許久了！

這可能連孫魚也不知道，白愁飛白樓主竟然是爲了這麼一個理由而暗底裡憎厭著他！

——因爲他看不順眼這什麼都不在乎的笑容！

白愁飛一向不喜歡別人（尤其部屬）對著他時仍能輕輕鬆鬆的笑：這是算啥意思!?不認真？不放在心上？還是沒瞧在眼裡!?

他不能叫孫魚不許笑，除非他乾脆殺了這個人。

他不能下達沒有理由的命令，雖然他有權這樣做；可是越是有權這樣做，就越得要節制這種權力，否則，就會予人背叛推翻的口實，這個道理，白愁飛是深爲明白的。

——跟蘇夢枕這幾年，他確學會了不少東西，尤其明白他過去屢振屢敗的原由！

可是他也一向知曉：孫魚是個有用的人；至少，他是個能幫得了自己的部屬！

而且，他有鑑於自己對蘇夢枕的背叛，一直想用孫魚來牽制梁何，至少，也要讓他們來互相制肘，才有利於自己縱控平衡之術。

不過，照目前的形勢看來：孫魚只怕已先憋不住了。

——他似乎已發動了。

因爲他剛剛又收到一個消息：

消息來自黎井塘——

「托派」黎井塘是蔡京（朝廷）、龍八（官、民之間的「中界人」）、白愁飛（武林）共同遣使的一名爪牙。事實上，當時在京師方圓千里以內崛起的「十六劍派」，大抵如此，皆成爲「蔡系」一手扶植、默許茁壯的江湖勢力。

他自從跟「抬派」智利跟蹤楊無邪入「漢唐傢俬店」反給包圍脫逃後，一直就給安排在「神侯府」一路監視諸葛先生與四大名捕系統人馬的一舉一動。——就別說是蔡京這種多疑權臣了，就算是新興勢力「象鼻塔」也得要派人留意「相爺府」、「六分半堂」、「八爺莊」、「金風細雨樓」等的動靜，像蔡京、白愁飛、狄飛驚這種人若不早已廣佈眼線監視「發夢二黨」、跟緊「象鼻塔」、乃至盯死「神侯府」，那才是不可思議的事。

黎井塘這次來向白愁飛打的報告：便是他發現王小石把孫魚揹到「神侯府」前，孫魚好像還受了點兒傷，四大名捕中的鐵手還特別運內力替他摩搓了一會兒，之後王小石好像還替他開了兩道方子，然後孫魚才千道萬謝的離開。

——當然黎井塘只能遠遠盯哨，無法靠近聽見他們說啥。

所以這就倍增懸疑：孫魚跟王小石、四大名捕到底是什麼關係呢？

依所見而論，常理判斷，不管他們之間真正的關係是什麼，定必都是非常密切。

無論如何，這證據已然足夠：足夠讓白愁飛把他除掉。

他決不容這樣一個人留在自己身邊。

所以他問黎井塘：

「他在哪裡？」

「他在紅樓候著您哪。」黎井塘涎著笑臉，把一張笑老了；他倒覺得笑老了也好，整張臉不管喜的悲的都是在笑的，以後可不必換另外一張臉了，「他好像還受了點傷，好像也有話要跟你報告。」

老實說，白愁飛也討厭這人的笑容。他討厭一切動不動就笑不停的人。但黎井塘的笑容比較可以忍受，因爲他的笑容充滿了阿諛與奉承，只不過是個可憐蟲。

這時，王小石剛要進「金風細雨樓」來要人。白愁飛心忖：這還趕得及在他出手聲援「象鼻塔」人馬之前把他幹掉就是了。

——王小石、四大名捕要是以爲放一個孫魚在他身邊當內應就可以解決他，那是白費心機了。

不過，他本有意栽培出孫魚這種人來「接班」，也真是「白費心機」！

（他白愁飛是什麼人！

——他原名「白仇飛」，但爲了不予人有惡感，寧可易字爲「愁」，故意給人一種鬱勃不舒的感覺，這樣可以減少對他的敵意；他甚化了十多個名字以求舒展大志，但總是功敗垂成。他苦忍苦守多年，忍辱忍氣，終於才有了今天：孫魚是什麼東西!?他以爲熬那麼個五六七八年堆了張笑臉配了把寶刀就可以當他是「蘇夢枕第二」而把自己當成「白愁飛第二」，來重施故技坐第一把交椅!?啐！這是做夢也休想的事！

決不能讓孫魚有這種機會！）

因而他看似漫不經心的吩咐：

「叫他等我。」

然後又看似隨意的加了一句：

「召梁何帶『一〇八公案』來。告訴他：色本能雄英大偉，流風自是名真士。」

「色本能雄英大偉……流風自是名真士？」黎井塘喃喃的重複了一遍，差點沒真箇問了出口：這是什麼？

白愁飛卻好像是看（聽）得出來他的迷惑，微微一哂，加了一句：

「想知道是什麼？倒過來唸吧！」

一〇九 太空穿梭機

這句話的意思當然不只是：

「唯大英雄能本色；

是真名士自風流。」

它是一句「暗號」。

只要梁何聽到這句話，那就是白愁飛向他下達了一個「命令」：由他一手調訓出來的「一〇八公案」中的一百零八名死士，就會立即調度，應付危機！

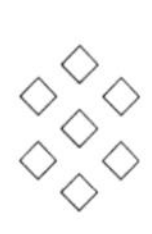

白愁飛知道這已到攤牌的時候了：

他已把王小石迫出來了！

除了「金風細雨樓」的子弟和一百零八名死士，他略爲估量了一下他手上的大將、高手包括有：

「詭麗八尺門」朱如是、「小蚊子」祥哥兒、「一簾幽夢」利小吉、「無尾飛鉈」歐陽意意——合稱「吉祥如意」，四大護法。

原本，梁何、孫魚都是他的好幫手，還有馬克白、萬里望、陳皮、毛拉拉、第七號殺手田七、十一號殺手杜仲……還有「頂派」的屈完、「托派」的黎井塘、「海派」的言衷虛、「浸派」的巴哈等人，都是直屬於白愁飛調度管轄的手下心腹。

除此之外，他的外援也很強大。「七絕神劍」：「劍神」溫火滾、「劍仙」吳奮鬥、「劍鬼」余厭倦、「劍魔」梁傷心、「劍妖」孫憶舊、「劍怪」何難過及「劍」羅睡覺。

另外，「鶴立霜田竹葉三」任怨和「虎行雪地梅花五」任勞，以及「八大刀王」：「陣雨廿八」兆蘭容、「八方藏刀式」苗八方、「伶仃刀」蔡小頭、襄陽「大開天」蕭白、信陽「小闢地」蕭煞、「五虎斷魂刀」彭尖、「驚魂刀」習煉天、「相見寶刀」孟空空……甚至還有龐將軍、禰御史、童貫、王黼、朱勔等人，都是他的後援。

他最大的「援軍」，是名列「多指橫刀七髮、笑看濤生雲滅」當世六大高手中的「雲滅君」葉神油（或作「神油爺爺」葉雲滅）亦已趕到，就在樓裡，合當趕上這一場風雲際會。

——既然身邊高手如雲，而王小石身邊有太多太多只是一腔熱血的烏合之眾，這一戰，他穩勝有餘。

只要放倒了王小石，收拾了「象鼻塔」，他就趁這風頭火勢，聯同龍八太爺那兒的兵力，對「六分半堂」發動全面的攻襲。

他也有絕對的把握可以擊「六分半堂」：他至少已把狄飛驚唬住；要是他還敢有異動，他就再唬他；唬之不住，他便宰了這個低頭做人的東西！

至於雷純：一個大姑娘家，能幹什麼？能幹得了啥？何況，他還捏住這姑娘家的死穴、罩門，只要一亮法寶，敢不情讓她死心得塌了地教她東去不來西。

——「六分半堂」若要抵抗，它憑什麼？就憑林哥哥？魯三箭？還是「迷天盟」的叛徒鄧蒼生、任鬼神？抑或是原叛自「金風細雨樓」的莫北神!?

這些什魔小丑，才不堪一擊——白愁飛可沒把他們放在眼裡。

一旦解決了「象鼻塔」，併吞了「六分半堂」，白愁飛就知道自己可以「飛」了。

他有足夠的份量去跟義父蔡京「討價還價」了：

他深知若要真正的出人頭地，在武林中成為一方之雄、一派宗主，只怕還是不足以流芳百世、權顯一時。

要真正的成大功、立大業，還是得要在廟堂裡掌權、朝廷裡任職；可是，像他那樣缺乏背景的江湖人，想要在朝廷裡獲任高職，首先就得要在武林中得勢、江湖上揚名，然後再以此捏取功名。

白愁飛可不管。

他要成功。

天下只有一種成功：那就是確實的做到自己所要得到的成績。

天底下也只有一種成功的方式：那就是以你自己所喜愛的方式去過這一生。

白愁飛認為他自己的目標是合理而又可行的，而他又是一個一旦決定了追尋的目標，便會埋首苦幹，不惜冒進，不聽任何人的話，不理任何人的阻止，不許任何人洩他的氣，他絕對是個越過一切困阻，都會達成他的目標的人。

當他成為「金風細雨樓」的副樓主時，他曾向籠絡他並收他為義子的蔡京暗示要一官半職，蔡京可不像蘇夢枕（當年白愁飛初入「風雨樓」，便恃功向蘇夢枕要討個副樓主當當，蘇夢枕反而欣賞他的率直坦言，欣然答允），只輕描淡寫的說：

「等你當了金風細雨樓的樓主，再說。」

後來可能找補之故，又說了一句：「要是王小石也到我帳下來，你的官位倒好辦多了。」

——王小石！

（什麼都是王小石！）

（他算什麼東西!?）

現在經過長時間的鬥爭，他終於逐走王小石、推翻蘇夢枕了，但當他又向蔡京暗示要個「官銜」時，蔡京沉吟一陣，只說會叫龍八照料此事。

未久，龍八倒真的給了他幾個官名，要他任選其一，他聽了相當不悅，因爲那種官兒雖對別人而言，已求之不得，但對他來說，這還高不及四品，頭上有千百個指指點點的，座下又不見得有幾個能指揮得動的，還真不如不當是好。

他果真就不當那官兒了。

他要飛。

他可不要爬。

也不想行。

甚至連跑都覺得太慢。

他年紀已不小了，他一開始就至少要跳。

到最後，目的仍是：

飛。

——想飛之心，永遠不死。

他：

白愁飛！

◇◇◇

他現在就要火併「象鼻塔」，拿下「六分半堂」，在京城裡成爲一黨獨大、獨一無二的大幫大派，這才有勢力和實力，在蔡京那兒爭個三數人之下而萬萬人之上的官兒來當當！

他在等這一天！

他要等這一天！

他正等這一天！

他就等這一天！

——爲了這一天，這個目標，一切都只是他的「機器」。

「機器」是用來發動、幫助工作的。

他要「飛」。

飛上青天。

——直上青雲路。

於是：蘇夢枕、金風細雨樓、象鼻塔、六分半堂……一切都成爲了他往上飛的機器，一切都變成了他要在太空穿梭翺翔的機械！

他要當英雄！

——今之英雄，當叱吒起風雲，翻手驚風雨，可以縱橫捭闔，可以經天緯地，能夠運籌帷握，能夠決勝千里，不惜獨步天下，不惜獨霸武林。勝得起，輸得了；拿得起，放得下。人想做而不敢做的他做，人做不了的他做來天經地義，從不怕流言閒語，只獨行其是。

就算當不成英雄，他也要當梟雄。

梟雄比英雄更進一步：可以不必理會世間一切情理法則，去獨行他以爲所是。笑臉可以迎人，翻面可以不認人；溫柔如春風，嚴厲便殺人。

他今天便要大開殺戒。

且先從身邊的殺起。

——先除內憂。

——再滅外患！

一二〇 公案不是禪機

他要先殺孫魚！

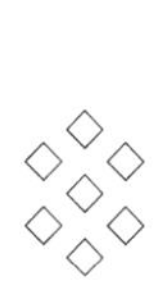

他在「出迎」王小石前，先到「紅樓」一趟。

他在「紅樓」就見著了正在「恭候」他的孫魚。

孫魚一見白愁飛，就知道他對自己已動了殺機。

他幾乎馬上省悟到：

自己這趟回來錯了！

——大錯特錯矣！

發生了那麼多事情之後，一向警覺的孫魚，也曾反覆衡量過：

（到底要不要回「風雨樓」？）

（白樓主會不會誤會自己？）

一再思量過後，他仍是決定要回去「走一趟」。

——好歹也得走這一趟。

「回去」的原因是：

好歹也「賓主一場」。孫魚雖然深明：「伴君如伴虎」，但他卻有一個希望能遵守的「原則」，那就是「好來好往」。

他跟隨蘇夢枕、王小石、白愁飛、乃至於當年初露頭角的梁何，都有一段不短的時日了，這使得他明白這些人的特性和好一些「道理」，譬如這些他追隨過的人的處世待人進退策略便令他深有啓發：

一，蘇夢枕是個唯「材」是用的人。只要他賞識，他便可以隨意也率性的把人破格擢升，且不管那是什麼人什麼背景甚至有何居心，如果有日連他自己也給他提拔的人出賣或打倒了，他也不以爲忤，他注重的是他自己的「眼光」，而認爲後起之秀能把他扳倒是他自己活該，他決不因此而先扼殺新秀崛起的機會。

——像他那麼有信心、豁達的人不多。

孫魚自問就做不到這一點。

（所以世上確沒幾個蘇夢枕，現在的蘇夢枕，不是病了，就是死了，活著的也失勢了。人生在世，也沒幾個人能遇得上「蘇夢枕」這種「貴人」的。）

二，王小石是個「量才適性」的人。他知道自己不能當官，但能做大事；他喜歡交朋友，跟兄弟們打成一片，生活在一起，又因爲常挺身而出幫人助人保護人，所以難免要當大哥、老大，可是卻自知不是個當什麼幫主教主一派宗主的「大材」。他跟任何人都能平起平坐，也跟任何人（甚至遠不如他的人）學習。他不栽培人，他只把對方的長處激發出來。他不怕人趕過了他，因爲他沒意思要跟對方比。他無所謂。就因爲他不注重、不打緊、無所謂，所以他跟人的交往大都能「好來好往，善始善終」，江湖上、武林中，對他風評都不壞，這對他每次敗而再成，落而復起，很有幫助。

——就因爲他不計較、無所謂、沒機心，別人都樂見他成功；見他登高一呼，都想扶他一把，或放心讓他助己一臂。

孫魚自知沒王小石那麼看得開、放得下。

（他記得有次入廟拜佛，遇上位老林禪師，曾如此勸他：「現在的蘇夢枕，不是病就是死；不然就是生不如死。白愁飛忙著殺掉精英，蔡京忙於腐化新秀，方應看忙著收買人命，你要做大事，找識貨的人，還是去試試王小石吧！」善哉斯言！）

三，白愁飛是個「不達目的誓不甘休」的人。誰礙著他，他就殺誰。他是那種就算跨著自己父兄妻兒的屍體，也要前進的人。他的野心顯露太快，鋒芒太露，太易招嫉，也常予人浮誇的感覺。可是孫魚也是個希望在人世裡走一遭能建些勳功偉業但又並沒特殊背景靠山的人，他特別瞭解這種心態：因爲心虛，所以恐慌，既要進取，但手上又沒有家底，便輸不起，要人注意，就只得炫耀了。這不是浮誇，而是虛則實之實則虛之的策略。沒後台則無苦守的實力，只有作急先鋒。蘇夢枕因病，怕不耐久，故處處咄咄逼人，逼使雷損提前決戰，果令雷損終沉不住氣，在「紅樓」盡墨全軍。所以蘇夢枕最是瞭解白愁飛的心思，並盡力培植他，「放手讓他大膽的幹」，可惜白愁飛對一腳踩一個恩人下去的事似已成了習慣，所以似並不「珍惜」這「大好貴人」的扶腋之恩。

——像白愁飛這種人，無論你幫他什麼或你幫了他什麼大忙，他都認爲是應該的，這是（你）上天欠他的，他頂多只會「感激」一陣子，然後又把注意力集中在你對不起他或礙著他的事去了。

孫魚自信自己性格中也有這種自私、自大而不擇手段的一面，但要做到白愁飛那麼決絕徹底，那也真不容易。

（看到白愁飛、王小石、蘇夢枕的特性，孫魚便知道：要成大功、立大業，可真真正的不容易！一意孤行如蘇夢枕，隨境心安如王小石，大不慈悲如白愁飛，都太難做到！由此可見，要成爲一個絕頂人物，的確是絕頂的難！）

四，梁何令他高深莫測。在「金屬風」時，是梁何一手拉他入幫會的。梁何是個嚴肅的人，他絕對服從、聽令。「金屬風」裡的規矩，他都一一遵從。他原很佩服梁何的忠心。可是後來又發現不然。因爲梁何只一力保存著他自己的實力，加入了「金風細雨樓」。他在「風雨樓」裡的位置並不低（這可能是因爲他加入時手上連同孫魚在內不少於三十二名年輕高手之故），但蘇夢枕顯然沒有太重用他。蘇公子曾經語重心長的對梁何說過：「一個人太古板就會白過這一生，人成熟深沉就不好玩了。」但王小石和白愁飛都很看重這個人。梁何對王小石也十分忠誠，這也令孫魚十分崇敬，可是，待王小石爲白愁飛排擠出樓外，梁何馬上向白愁飛表態：他可以把他的部隊直接隸屬（那時，梁何的直屬部隊已增至五十七人了，其中當然包括了孫魚）於正副樓主調度。一俟白愁飛也背叛（同時亦推翻）了蘇夢枕，梁何和他的七十八名部屬（這時，孫魚已升爲這集團中的統領，梁何的心腹子弟有不少於一半是他一手訓練出來的）不但也按兵不動，而且從此只效忠於白愁飛一人。

——因此，梁何的地位，不住穩步上升：他手上的人，也不斷增多。他是那種處變不驚，處驚擅變，但又能在每一次驚變中都取得利益的人。人人都需要這個忠誠的人，但似乎他只對自己最忠誠。

孫魚自覺不比梁何沉著，但他認爲自己比梁何快活。假如一個人的個性很悶，那麼，就算他的權很大、勢很高、名頭很響，還是活得很沒意思、白活了。

（比起蘇夢枕、白愁飛、王小石，梁何還不算很成功，但他一直如竹節，步步高陞，前途未可限量，比起蘇夢枕的「勇進」、白愁飛的「燥進」、王小石的「勇退」，梁何卻只是「潛進」，但卻比較講究「情面」。或曰：進退的功夫，虛飾的手段。）

孫魚比較注重「情面」。

他也認爲不到必要關頭，沒需要與人決絕。

——人留一線路，佛點一炷香。

他也深明白愁飛的個性，只怕已對自己生疑，只恐更對自己動了殺機，但他還是覺得自己有必要去走這一趟：

不是爲了什麼，而是「好來好往，不枉賓主一場」。

——因爲要他反抗、還擊，他辦得到；若要他主動叛逆、出賣，他做不來。

每個人都有他自己的才能、特性。

孫魚的性子便是這樣。

這性情使他已感覺到了危機，但還是回到「金風細雨樓」來。

所以他現在給「請」到了「紅樓」。

——一回風雨樓，他已感覺到了山雨欲來風滿樓。

然後他「終於」見著了白愁飛。

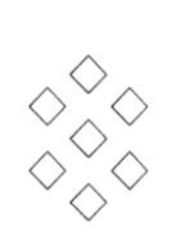

白愁飛一見他就問：「你爲什麼要回來？」

孫魚一聽，心裡一沉，可是他答：「我非回來不可。」

白愁飛問：「爲什麼？」

孫魚答：「這兒是我的家。」

白愁飛：「這兒不是你的家。」

這回到孫魚問：「爲什麼？」

白說：「因爲沒有人會出賣自己的家。」

孫魚心中又是一沉，這回沉到了底。

孫魚：「如果這真是我的家，我又怎麼出賣它？」

白：「它現在已不是你的家，而是你的墳墓。」

孫嘆：「我不希望我的家變作了墳墓。」

「你現在到哪裡去都是墳墓，」白道，「因爲你已是死人。」

然後他問：「你爲什麼要出賣我？」

孫：「我……」

白：「沒有用。你是不會承認的。但我現在也收不了手，寧可殺錯，不能放過。我這問題問了也是白問，你答了也是白答。」

「假如……我並沒有出賣你呢？」

「你這說法，簡直侮辱了我的智慧；」白愁飛不再談了，他擰過頭來向梁何說，「到這地步，我已不想再冒險，也不能再相信他。我只有殺了他。但我殺不下手。你來殺吧。」

梁何稽首答：「是。」一點也沒猶豫。

「還有，」白愁飛瞄了孫魚刀鞘和刀鍔上的寶鑽，輕描淡寫的道，「我已查過了，你這貼身的刀，以前是屬於方應看的。至於他的寶刀怎會在你手上，我已不想聽任何解釋。」

這次，孫魚臉上終於變了色。

白愁飛說罷就要走出「紅樓」，臨走前向梁何問了一句：

「你的『一〇八公案』呢？」

「全召集了。」

「殺了孫魚後，隨時候命，養兵千日，今用得上。」

「是。」

聲音依然堅定無比，絕對聽命，絕對效忠。

白愁飛行出「紅樓」時想：假借梁何之手，除去孫魚，使之自相殘殺，可免後患。

──能不當惡人，能不當罪人，還是不當的最好。

同理，能夠不動手，能夠不親自出手殺人，還是找別人代勞的最好。

他要對付的是絕頂高手。

要對付絕頂的敵手就得要留待精力、實力和魄力。

一個精神狀態極佳的人，不僅要懂得如何用神，還要知道怎麼留神。

他是個善於運用時間、精力、體魄的人。

所以他養精蓄銳，一擊必殺。

他早已養士。

——死士：

「一〇八公案」。

——這「公案」不是禪機，而是實實在在的人手，來爲他促成大志、達成大業，除去內奸、殺掉外敵，只效忠也只能效命於他的一百零八名精兵！

精兵：是打生死攸關的仗時才出動的精英親兵！

一一一 機關算盡失天機

白愁飛走後，「紅樓」裡剩下了兩人：

兩個老朋友。

——是「老」朋友，不是「好」朋友：

有的朋友，交情很好，但並不是很「老」；有的朋友，相交甚「老」，但不見得也很好。

梁何跟孫魚相交十三年，從少年到青年整段黃金時期都一齊共事，絕對算得上是「老朋友」。

——但他們的交情卻是好不好呢？

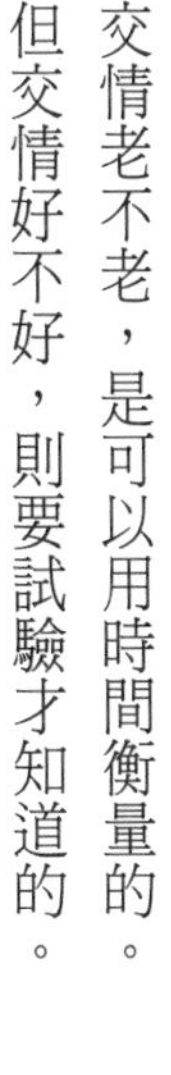

交情老不老，是可以用時間衡量的。

但交情好不好，則要試驗才知道的。

——用什麼來試驗呢？

也許，富貴、貧窮、生死、成敗、權力、名利、女人……在在都可以考驗：友誼是不是真的能夠永固？友情能否永垂不朽？

孫魚道：「他命你殺我。」

梁何道：「我聽見了。」

孫魚：「你要殺我？」

梁何：「我能不殺嗎？」

孫：「我們是好朋友。」

梁：「如果他命令你殺我，你會因『好朋友』三個字而不下手嗎？」

「我不知道，」孫苦笑了一下，「實際上，我們之間也不像是好到了這個地步。」

「何況，我若不殺你，我就得死；」梁也苦笑，「他會殺了我——你值得我為了不殺你而自己先死嗎？」

「不值得。」孫魚回答得毫不猶豫，「事實上，你就算爲你家人父母子女，也不會那樣犧牲法！」

「對，你說對了，」梁的反應也十分即時，「因爲你也是這樣子的人。」

孫魚嘆了口氣：「我們都是那樣子的人。獵犬終須山中亡：我也難免有今日。不過，我卻還有一句話要告訴你。」

梁何道：「你說，一個人在面對死亡時說出來的話，我一向都很注意也很樂意聽。」

孫魚道：「他今日懷疑得了我，明日也可以懷疑你。」

梁道：「你的意思是說：他今日下令殺你，難保明日不也下令殺我？」

孫道：「你一向都是聰明人，比我聰明。」

梁：「你說我比你聰明，單憑這句話，已比我聰明了。」

孫：「坦白說，咱們相處了這十幾年，人在江湖，難免也有想過，咱們會有今天——只是這一天，未免仍來得太快了一些。」

梁：「所以你早已有了應對之策？」

孫：「至少，我一直留意著你的性情，因爲從這可以幫我作出判斷：你會不會殺我？你幾時才會下手殺我？」

梁何一哂：「你又怎麼知道我讓你看到的我是真的我？」

孫魚一笑：「說的不錯。你讓我看到的你，只是你要我知道的你。」

梁何：「你也一樣。我在你面前，盡量保持深沉，可是深沉而諱莫如深的我不一定就是我；同樣，你在我面前，一直保持開朗，但開朗得毫無城府的你，不一定就是真的你。」

孫魚：「說的對，但經過這麼多年的並肩作戰，我總可以相信：這世上若有了解我的人，恐怕第一個還是你。」

梁何：「我也同意。蘇公子覺得我是個悶人，我樂得當悶蛋，因爲很少高明人物會去提防一個悶得狗不生蛋的人。小石頭覺得我可靠，我樂得當可靠的人，因爲很少一個聰明人會去排斥一個他認爲可靠的部屬。白樓主覺得我聽話，我更樂得去當聽話的人，因爲一個精明的領袖最需要的就是聽他號令沒有貳心的手下。他們要我當什麼人，我就當那類人，這樣，可以省事、省力、省卻不少危機。不過，這些年來，你一直屈居我之下，所以，我還是有不少無意間流露的性情，落在你的眼底裡。」

孫魚：「所以對你而言，我是一個危險人物？」

梁何點頭。

孫魚：「所以你認爲大可趁此把我除掉爲上策？」

梁何：「你說呢？我這樣想的時候，你恐怕也正是這樣想。」

孫魚：「其實誰不是這樣爲自己盤算？英雄時代遠矣，這時候誰都不願當英雄，只願當梟雄，不然就當狗熊，至少可以自保。當你看到別人擁有權力的得意叱吒時，你不圖取而代之，那才怪呢！當你眼見白愁飛背叛蘇夢枕把他推翻後，自己當成了樓主，你只對白愁飛一味忠心，想都沒想過有日也照板煮碗，叛而自立，那才是騙人的！告訴你，我看到個美麗女子，也想強而佔之，一洩大慾，但因樓規森嚴，我才只敢想而不敢爲……這時候，權威已然消散，權力可以取代，誰都想掌權，問題是：在這誰都不怕誰的時際，誰能制裁得了誰！」

梁何亦頗有感慨：「說的痛快。坦白說，別說權力、名位和實利了，我就算看見蘇公子要迎娶溫馴美麗的雷純，我也嫉恨無比，巴不得他一敗塗地；我今晚看見白樓主把嬌俏動人的溫柔引入了『留白軒』，我也心裡焦燥，恨不得……我若把這句話說下去，你和我之間，今天就必須死去一個。」

孫魚：「可是你到底沒說下去。」

梁何：「那不代表我會對你留情——就算你沒聽見什麼，我也一樣可以有充份理由把你剷除。」

孫魚：「不過你已經說了太多。原來今夜溫柔已上了白樓，難怪白樓主非置我於死地不可了。白愁飛是個不顧一切、不擇手段的人，他爲了目標、往上爬、能遂大志，就算弟兄被殺，他也一樣會再接再厲，激流勇進——更何況只是你我這等他隨時可以補充的人物！他今天用得了你，不見得明日也容得下你！」

梁何：「你少來挑撥離間。」

孫魚：「我不只是挑撥，我也煽動。」

梁何：「你且別得意！你注意我，我也一直留意你。我有你的生辰八字，根據斗數命盤，你命有天機、天梁，聰敏機變，遇難呈祥，但福德宮有忌，就看你能不能逃過此劫！」

孫魚：「你有我的生辰八字，我也一樣掌握住你的命盤星曜。你命守天機、太陰，非但聰明，而且愛修飾，且福德文昌遇合文曲，學習應變能力，可比我更加高明！」

梁何：「一個太聰明的人，不是個絕頂人物，因爲聰明人易懶，且太知難行易，不肯下死功夫；太懂迴避的人，難有大成。一個人若老是瞻前顧後，或許無可襲，但一定不能全速推進。在真正決戰的時候，一個真正的戰士，都能不執著於勝負，不拘泥於死生，把成敗存亡委之於天運，萬劍爲一劍，唯有這般脫離生死榮辱的出手，才是第一流的戰術。你我都太聰明，太顧惜自己，若要有蘇、白、王的成就，只怕還得要一番大歷練、脫胎換骨方可！你我命盤星曜這般近似，可謂有緣！但你昌曲亦各守福德、官祿，星光燦耀，成就只怕尤在我之上，加上我仕途天梁遇祿，煩惱難免，而你天機化科、天梁會權，機遇要比我順暢流麗——我今天若不殺你，只怕日後我的成就不如你！要你不涉武林，咱們大可文武合併；如果你是女的，我們不妨陰陽合璧。可惜，你的長處正是我所長，你的鵠的也正是我的野心——你說，我若留你活著，是不是對不起我自己？」

孫魚：「那是你對咱們命盤星曜組合的強解，我本身並不同意。但隨得你怎麼說——如果你真的是對的，那麼，既然你命不如我，你又焉能殺得了我？」

梁何：「我命不若你，但我走的是運。」

孫魚：「天理循環，命理報應，咱們一齊創辦『一〇八公案』，你以為你一聲號令，他們就一定會為你殺我嗎？要是他們分成兩派，相互對峙，那就要你親自動手，以你武功，對我是否必勝？若果咱倆火併，縱不俱亡，亦必互傷，那麼，在這風雲變色之際，對誰最為有利？對誰最是不利？請你三思三省！」

梁何沉吟：「你我都是天機星入命的人，難免以智謀策略為尚，但機關算盡失天機，到頭來，恐怕咱倆還是免不了像蘇夢枕、白愁飛、王小石結義失義、盡忠不忠的下場！」

孫魚：「就算日後難免如此，也總比現在就兩敗俱傷的好！人生一輩子，就是要求英雄有用武之地，餘下的，什麼生死榮辱成敗得失，又有什麼？咱們已剎那擁有，便已算把握了永恆！計策無雙的雷損，到頭來，還比不上他留用狄飛驚的一個德政！算無遺策的蘇夢枕，到後來卻一手栽培了個害他叛他的白愁飛！若使循循牆下立，拂雲擊日待何時！你若要殺我，就拔劍吧——我看過你曾使過『封刀掛劍』前雷家的劍法：『屠狗劍』！不過，你以爲看過那劍招的人都命喪劍下，說不出去吧？卻還有我這個你命裡的剋星呢！」

梁何一震，隨即便道：「但我也是你生命裡的煞星！你腰畔那把『金縷玉刀』，便是我查出來、告訴白樓主的！」

孫魚喟息道：「當然是你查的，別人還真沒這個辦法呢！……可惜我們都花太多時間精力在互鬥上了。」

梁何長嘆：「有時，我真懷疑我們這民族最高明的特性就是擅於內鬥。」

孫魚笑了。

「不，還喜歡浪費時間、浪費生命、浪費人材；」他補充道：「我們現在就是這樣子：你聽，外面已呼嘯咆哮、打生打死，咱們還委決未下，究竟你死、還是我活？要打？還是不打？」

梁何徐徐把手搭在劍柄上：「——你說呢？」

稿於一九九三年一月六日：接獲沈慶均函；「文化潮流」刊出曹正文「武俠世界的奇才——溫瑞安」；接得張繕札；徐斯年約出版論文雜文集；四川文藝出版社以「溫瑞安」名義出版「鴛鴦劍侶」；中國故事雜誌刊出「小相公」全文；法律出版社出版李敖與我雜文合集「風騷」；沈慶均先生在一九九三年中國文壇狀況預測中荐及；中國友誼出版社有意出版「絕對不要惹我」＋「戰僧與何平」並追加印數；「傷心小箭」剪稿版已在中國大陸流傳；獲取大來信用咭／七日：與倩等大食於城市花園、宵夜於灣仔街邊檔／八日：與VIVIAN「槍」成／九日：收到來自嘉峪關的電報祝賀／十日：小賭怡情於「真開心樂園」／十一日：萬盛（台灣）出版：小相公、愛國有罪、梁癲蔡狂、哥舒夜帶刀、少年追命、金梅瓶、少年鐵手、水虎傳等8書；九三年首次習武／十二日：中國時報人間版宋碧雲來電約稿；買招財貓、佛號機；金龍園家人全病；張玉懷律師來函報訊。

校於一九九三年一月十三日：溫倩琁梁慶祝何包旦生日於「沙嗲王」；溫慧麒葉儀榮怡慶賀家和生辰於「雪園」；二戰於「真開心」，VIVIAN 大斬獲；唐寶牛文評「逆水寒」／十四日：對小倩、淑儀等從舊相細說「神州」；曹在馬演講有述及我；正式教武于倩兒、吳十七弟、吳廿四弟、梁四、何五／十五日：星洲日報刊出我之訊息；梁與「敦煌」大衝突／十六日：中國友誼出版社擬近期推出叢刊系列；德記火鍋大歡聚／十七日：方已見正文；曹終抵港／十八日：初晤文中俠；自成一派五少俠伴曹小遊；溫大、羅十一、何五、梁四、麒十七、孫八、榮廿四、陳念禮接待米舒於「欣葉」台菜；小方寄來資料；溫瑞安、曹正文、傅天虹、傅小華、林振名、陳綺梅、梁淑儀、孫十二公公、何大人、神油葉浩、鄧啟堅等人暢敘唱聚於「松湖」。

第三章　帶箭怒飛

一二一　生死由命成敗知機

對。

面對。

面對面。

◇◇◇

白愁飛從「紅樓」裡走出去，忽然覺得一切都恍如一夢，而他又不自覺的哼起那首歌來：

「……我原要昂揚獨步天下，奈何卻忍辱藏於污泥；我志在叱吒風雲，無奈得要苦候時機。龍飛九天，豈懼亢龍有悔？鷹飛九宵，未恐高不勝寒！轉身登峰造極，試問誰不失驚？我若要鴻鵠志在天下，只怕一失足成千古笑；我意在吞吐天地，不料卻成天誅地滅……」

才下紅樓，卻上心頭，只覺過去成敗，種種榮辱，恍如一夢。

這時，他已信步走到「白樓」前，面對一個人：

——王小石。

一個平凡的人。

一個平凡的名字。

白愁飛無論再怎麼端詳：都認爲眼前這人很尋常、很平凡，決比不上自己飛揚、瀟灑、才氣縱橫、泱泱大度！

甚至連王小石也一樣：

他也認爲他自己很平凡、很平常。

至少，他跟任何人一樣，都有一顆平常而善良的心。

一個平凡的人，有著一個平常的心。

白愁飛才情激越、煞氣嚴霜，他所面對的：卻是這樣的一個人、這樣的一顆心。

等都等那麼久了，急也不急在於一時。

是以先禮而後兵。

王小石率先抱拳招呼道：「白二哥，別來可好？」

「託您的福！」白愁飛也客客氣氣的說，「三弟也別來無恙？」

「無恙，無恙。」王小石笑說，「至少沒有人對我下『五馬恙』。」

白愁飛臉色一變：「老三，風夜來此，既無病痛，也沒急驚風，卻是爲了何事？」

王小石說：「無事不登三寶殿。我是跟二哥討一人一事的。」

「什麼人？」白愁飛故作不懂，「啥事？」

「人是溫姑娘，還有張炭、吳諒、蔡水擇，聽說他們晚間已進入了風雨樓；」王小石斯文淡定的說，「事是要討回個公道。」

「公道？」白愁飛仍詐作不懂。

「蘇大哥的公道。」

「這事你不是在日間已提過了嗎？」

「我這人就是這樣子，一件事沒弄箇清楚，無法爲自己至親至崇敬的人討回箇公道，總是不甘不休的；」王小石這一次一面說一面笑，一向純摯的笑容竟然笑得比冷傲的白愁飛臉上那個更奸！「我今天徼天之幸，救得了家嚴家姊，這才省悟：當日我刺殺蔡相不遂，若不是你把白樓子裡的資料迅速提供給龍八那一夥人，哪有這麼快就抓了我爹爹和姊姊的道理！你對一個逃亡的、已沒有威脅到你的兄弟尙且如此，看來大哥的命運已然可以想見！」

白愁飛冷笑：「你惱的只不過是自己的事，卻公報私仇。」

王小石道：「我一早已說過，我要爲大哥討回箇公道。」

白愁飛道：「但你一日沒有證據可以證明我殺害了蘇夢枕，你的討公道不過是假借名義來奪風雨樓的實權而已。」

王小石：「就算我今晚無法替蘇大哥討回公道，我至少向你討回溫柔、吳諒、張炭和蔡水擇。」

白愁飛眯著眼道：「金風細雨樓是什麼地方？豈任人來去自如。」

王小石道：「別忘了，我也是金風細雨樓中的三當家，他們是我的兄弟，我要見見他們。」

白愁飛冷冷地道：「你也別忘了，當年你狙殺傅宗書之前，已對外公佈，跟金風細雨樓已脫離了一切關係。你現在不過是京城裡九流子幫派『象鼻塔』裡的小流氓！」

王小石笑了：「二哥，你又何必為難我呢，放人吧！」

白愁飛扳著臉孔道：「這時候跟我攀什麼交情！理屈就想動之以情，想也休想！」

王小石淡淡地道：「什麼叫理屈？蘇大哥既然不在了，你就當我不是『風雨樓』的人。我現在就代表『象鼻塔』的主事人向你討人。」

白愁飛打從鼻子裡哼道：「他們在我管轄的範圍裡鬧了事，誰說交人就交人！」

王小石昂然道：「他們是我的弟兄，有人證明他們是登樓拜訪，堂堂正正的進入樓子裡的，你怎能說關人就關人？再說，他們要是犯了事，就請交出他們，我自會以『象鼻塔』的規矩好好懲罰，犯不著白二樓主越俎代庖——白副樓主又不是吃飽了撐著，太閒了沒事可幹，日間不惜勞師動眾的來找咱『象鼻塔』的麻煩，今晚又抓著咱們塔裡的弟妹不放！」

王小石這幾句話說得極重，已不擬有迴圜餘地。

白愁飛雙眉一剔：「你要他們？」

王小石截然道：「是。」

白愁飛：「一定要？」

王小石：「一定要！」

愁飛：「要是我不給呢？」

小石：「人命關天，請恕得罪。」

白：「如果他們已死了呢？」

王：「殺人償命。」

「殺人償命？」白愁飛發橫了起來，「別忘了，現在是你在『風雨樓』，不是我在『象鼻塔』！」

「如果你真的殺了他們，」王小石一字一句地道：「縱然今日是在大金殿前，我也要你殺人償命！」

白愁飛目光閃動，哼聲道：「小石，今天你們象鼻塔跟來的人，似乎少了一些——你說這種話，也不怕閃了舌頭！」

「人多人少都一樣，」王小石說，「都一樣，咱們只要心志相同就是了，由我作代表，向你討命追債，人少人多都一樣，沒什麼不同。生死由命，成敗知機，我來得了這裡，既然心懷不平，就得要打抱不平才走。」

「那你是敬酒不吃吃罰酒，給你下台階不要，要你崩了鼻跌崩了牙，那是活該！」白愁飛狠了起來，「告訴你，你的債是討定了，因爲吳諒、蔡水擇那些人，他們全都死了。」

王小石動容：「死了!?」

白愁飛道：「死了。」

王小石變色：「都死在這裡!?」

白愁飛道：「不錯。」

王小石激聲：「你說的是真的!?」

白愁飛：「真。」

王小石：「你殺了我的兄弟？」

愁飛：「殺了又怎樣？我殺得了你的老哥，當然也殺得了你的老弟！」

小石：「我再問你一聲——」

白：「問一百次都一樣。」

王：「溫柔無辜，她一向對你很好，你爲啥把她也殺了？」

白愁飛頓了一頓，半晌才道：「我喜歡殺誰便殺誰，你管得著？」

陡地，王小石大喝一聲，捂心而退，臉色蒼白，神容恐怖，宛似當胸著了一箭。

一一三　去除執著心機趣橫生

白愁飛盯著他，眼裡泛起了淡淡的笑意，但眼神可一點也沒放鬆：「你受傷啦？」

王小石撫胸道：「傷得很重。」

白愁飛橫睨著他：「但還死不了，是不？」

王小石慘然道：「我像是著了一箭，這一箭卻是你發的，那是無形之箭，傷了我的心。」

白愁飛眼裡的笑意也不見了，換上了怨毒：「我的身上也有箭，心裡也有箭傷。」

王小石道：「是你傷人在先。」

白愁飛道：「是你傷我在先。」

王小石：「哦？」

白愁飛：「昔日漢水上，咱們約好赴京闖一番事業，咱們識得在先，但你一見蘇老大，就只效忠於他，忘了我們之間的情誼——如果你跟我早些聯手，今日早已大功大名，我亦必與你分享風雨樓江山！」

小石：「白二哥，你是你，我是我。我們相同的是：都不想虛渡此生，也想不枉相交這一場。但你是來京打天下、打江山，我是來京師玩一玩的。我在漢江水上說過，我要的是平安、快樂，活得開心就好，你要的是萬世霸業、名揚天下。我佩服你，因爲你敢爭取你所要的，又敢承認和面對它，不像有些人，好名好利，又虛僞造作，自鳴淸高。但你我之間，畢竟是兩種人。你在漢水江邊、初入風雨樓，都說過要跟我交手，我只巴望沒這一天——甚至不惜逃避這樣的一天。本是同根生，相煎何太急！」

白愁飛冷哼道：「豈止那兩次。在發黨花府，我也跟你說過：『我是想和你決一勝負，可是不是現在。』但這時候已到。」

王小石道：「那時我勸過你一句話：『回頭吧二哥，現在還來得及。』不過，現在已來不及了，因爲你已殺了溫柔、張炭、蘇大哥，我也不能再逃避，我決不能放過你。」

白愁飛道：「這一天終於等到了吧？我就知道，一山不能容二虎，到頭來你仍是會向我出手。是我一直愼防，才不致背上著了你的暗箭。」

王小石：「但現在是因爲你已傷透了我的心，你連他們也一一殺得下手，等於一箭穿了我的心。」

白愁飛：「你還敢提！你殺了自己的師叔，盜取了『山字經』，練成『傷心箭』。我頂多不過是推翻了一個早該下台讓賢的結義大哥，哪像你，義正辭嚴似的，卻連師叔長輩，也一樣殺人掠寶！」

王小石怒道：「胡說！我對付他是爲了要報他殺我師父之仇！我沒有殺他，他是自戕身歿的。我也沒有真的學『山字經』，『傷心箭訣』我也只略爲閱過，並未記取，而『山字經』我亦已授予他人……」

「你給了人？」白愁飛動容，即問：「誰！?」

王小石馬上警覺：「我不會告訴你，我也不會袖手讓你掠奪！」

白愁飛哈哈大笑：「真是瞪著眼睛說瞎話！你爲這武功絕技不惜連師叔都殺，怎會拱手讓予他人，騙小孩都不信！」

王小石聽得怫然。他沒有殺元十三限，他對付元十三限是爲報師仇，他還曾給予元十三限公平決戰的機會，他雖對「傷心箭訣」難免因爲好學之心而略加留意，但卻始終覺得這是殺師之仇的心血，他不願去學，但因生性聰穎，雖只約略瀏覽，對他發放勁石的運使上已產生一定的作用；至於「山字經」，他真的是沾也沒沾，而今還送給了師叔生前最後也最疼的一個女人：無夢女。他當然不會對白愁飛說出是誰；他不想無夢女「傷心小箭」沒練成，人已著了暗箭。

白愁飛卻當眾誣蔑自己：他一向不爲權、名、利、慾去傷人、害人或殺人。因爲不值得。他只做自己喜歡做的事，不做自己不喜歡做的事，這樣活著，如此而已。他今天勢與白愁飛一戰，那是因爲他害了蘇大哥，他還正殘害武林同道（例如「發黨花府」的血案），他助紂爲虐（像蔡京這種殘人以逞的人有了白愁飛，如虎添翼，勢力就伸展到武林中來了，由於武林人身懷絕技，殺傷力大，其恣肆的幅度也就更大了！），他野心太大（如無意外，他正設法破壞京師武林各路各派的相互制衡的力量，而使他自己獨霸天下、獨步武林！），他還藉故殺害「象鼻塔」的兄弟、「風雨樓」裡對故主忠心的老幹部！

最可憎可恨的是：他還殺了溫柔！

他知道溫柔不見得對自己「有情」。自那次漢水江上，溫柔因白愁飛故意用話開罪她就不顧而去，他就知道，在溫柔的心目中，自己還不如白愁飛重要。

但這並不重要。

他只要在溫柔傷心的時候，安慰她；她難過的時候，使她開心起來；她孤獨的時候，他讓她熱鬧起來；她寂寞的時候，他陪她。

——只要在她需要的時候，他便在。

總之，這都是他的責任，他不求回報的都要這樣做，而且，除了他在流亡的歲月那段時期，他一直都在做著這個角色，無尤無怨。

而今，他竟殺了她！

——這是不可寬恕的！

而今白愁飛竟還在眾人（包括他的敵人、兄弟、同道和舊部）面前，污蔑屈辱他所做的一切，只不過也是要跟他爭權奪利——還有比這更受辱含冤的嗎！

王小石正待發作，忽爾又心中豁然一開：幹啥要人人都了解自己？別人這樣認爲，讓他這樣認爲好了！是與不是，心裡知道就好，計較箇啥，爭個什麼！

——一個人只要去除執著心，自然機趣橫生。

王小石笑了。

他注意到白愁飛唇邊頰下，都長了幾粒小瘡：想必是他近來心燥意煩吧！

他這樣想著這些無關宏旨的小節時，反而不圖自辯，且微微笑開了，心裡的困惑，也豁然而開：

「你騙我。」

他微笑說。

白愁飛一聽，吃了一驚。

真正的喫了一驚。

◇◇◇

他明明已成功的把王小石觸怒了，沒想到，才那麼片刻間，王小石又回復了他一向來的：自在、自得、自然得什麼也不在乎、無所謂的自若神態來。

他這才意識到：

他面對的不再是一個漢水江上的小兄弟，而是京華武林裡的一方之主：

——「象鼻塔」塔主王小石！

只要他一個失覺，眼前這個笑嘻嘻、滿不在乎也蠻不在乎的人，就會隨時取而代之，坐上了他現在的位子，統管「金風細雨樓」！

這刹那間，他突然明白了一件事：

他知道他自己爲何不喜歡孫魚了。

他明白自己因何要找藉口除掉孫魚了！

因爲孫魚有點像他！

——他！

王小石！

至少，那笑容很有點相似，同是那麼不打緊，那麼無所謂，那樣的無可無不可！

他恨他！

因爲他恐懼！

他怕有日王小石會取代他！

他自己志大才高，而今也算權重位高，但他始終不開心、不快樂，多疑也多欲，他不像王小石：那傢伙雖然流亡千里、流浪天涯，但始終有人緣、有機遇、快活、自在、心懷坦蕩！

所以他永遠有笑容。

笑得開懷。

——而他並不認爲世間有什麼可笑，人生裡有什麼可戀的。

因此他羨慕王小石！

而且妒恨他！

他要毀了他。

——至少，毀滅掉這張可惡的笑臉！

他妒忌王小石的「成就」——雖然其實他自己的成就可能早已比對方更大！

他要讓這張愛笑的臉再也笑不出來。

他做不到王小石所做到的，他決不能容忍這樣一個人逍遙自在、無欲無求的活著，來反證出他與生俱來的性情中：充滿了自私自利、自大自我的缺陷！

他上要消滅蘇夢枕（但他只消失了，似乎還沒有死），下要壓殺王小石（趁他在京城裡的羽翼尚未豐足，今晚就是決一死戰之期）！

二一四　萬里一條鐵行事自見機

白愁飛心裡決意，口裡卻問：「我騙你？我只須殺你，不必騙你！」

王小石道：「你不會殺溫柔的。」

「我不殺她？」白愁飛故作訝異，「她有寶不成!?」

王小石：「你要殺，在『發黨花府』時已然殺了。你殺不下的。所謂萬里一條鐵。你的性情平日行事，已自見機竅：你和她何仇何怨？你又為何事殺溫柔!?我不信。」

白愁飛楞了一楞：當時，在「發黨花府」，溫柔出刀救王小石，他大可一指殺之，但他因不欲與洛陽溫門及老字號溫家的人為敵，還是因為什麼一閃而過的心情和理由，竟然並沒殺得下手，因此放過了溫柔。

就在這時，王小石已遙遙聽到一個清越的呼喚：

「小石頭、大白菜，你們在幹什麼!?」

王小石聽得心頭一熱，幾乎跪倒，感謝上蒼：是真的。

是溫柔。

溫柔並沒有死。

白愁飛沒有殺溫柔。

——這一剎間，他幾乎已完全原諒了白愁飛，他竟張開雙臂，要歡呼擁抱對方：

（只要他也沒殺害蘇大哥，有什麼是不可原宥的呢？）

◇◇◇

王小石這個人就是這樣子，但白愁飛不是。

他看得出在這一瞬間，王小石的精、氣、神，都已鬆弛下來。

這應該是殺王小石的最好時機：

——因爲王小石是自投羅網。

——這是王小石自找死路，他闖入「風雨樓」，就算殺了他，也大可理直氣壯，在江湖有足夠的理由交代。

——跟王小石來的人並不多，只有何小河等幾個，這時候再不殺，必然夜長夢多，噬臍莫及！

跟著溫柔的呼喚，只聽另一個聲音也大喊道：

「小石頭，白愁飛已殺了蔡水擇，還要對溫柔不利，你要小心！」

王小石聽了一震：

那是張炭惶急的語音。

——什麼？蔡水擇死了……！？

心裡驚疑之間，白愁飛立即便出手。

他一出手就是「驚神指」：

驚天地而泣鬼神！

◇◇◇

他要殺王小石。

王小石卻不想殺白愁飛。

白愁飛要攻其不備。

王小石在白愁飛出擊前的剎那已完成了防備。

——是防備，而不是反擊。

王小石雙臂仍然大開。

白愁飛要攻。

他臉色煞白。

左手五指狂抖不已，右手卻夾在左腋下，動作靈活，但左膊委地，宛似半身不遂。

他的右指只要從左脅抽出，一旦彈動，那就是天底下最可怕的兵器、最無法招架的利器、最難以抵擋的武器！

然而王小石的刀和劍，仍在背後、腰間。

他中門洞開。

白愁飛身形宛若飄風捲雨，側進疾欺。

王小石大大方方的後退。

白愁飛進一步。

王小石退一步。

一進。

一退。

一進、一退。

進。

退。

進的始終仍未出指。

退的仍然不變換姿勢。

動作重複，周而復始。

王小石的退路，並非畢直，而是轉圈，所以他的退路永無盡時。

白愁飛繼續迫進。

他很清楚的知道：

只要他再迫進半步，就能出指。

一旦出指，必能制勝。

只要制勝，必可致命。

但他千方百計、變換身法，都無法多進那小小的半步之距！

進不了就是進不了！

他迫不進去，但王小石也脫不了身。

王小石中門洞開，胸腹之間盡是破綻，但白愁飛卻不敢貿然攻襲。

——對任何一閃即滅稍縱即逝的微子破綻均能把握不放過的白愁飛，對著這麼多和這樣大的破綻，居然不知如何攻襲、也無法出擊！

就在這時，卻發生了一事：

一件完全意外的事！

◇◇◇

一箭射來，來得全無來由、毫無徵兆，如一場意料之外的驚艷！

◇◇◇

那一箭，射向王小石背心！

王小石正在疾退，所以他等於把身子撞向那一箭！

這無異於自尋死路！

這一箭是在近距發射，避無可避，而發箭的人，也防無可防、防不勝防！

更冷不防的是：

這一箭射向王小石，白愁飛正大喜過望，忽爾，箭尾裂開，又遽射出一箭，向正在疾追的白愁飛，迎胸射到！

原先的一箭，來的甚爲突兀，但箭中箭，更是離奇！

兩人都防不著。

當然也避不了。

——就算兩人閃躲得及，爲了避開這一箭，只要白愁飛出指，王小石便死定了；若果王小石反擊，白愁飛也斷斷保不住性命！

就在這千鈞一髮的刹那，卻發生了一個極大至鉅的變化：

白愁飛一直不出指，卻在此際彈出了指勁，急攻王小石！

一直不還手的王小石，陡然立止，踢起地上一石，急打白愁飛！

白愁飛那一縷指風，不止是射向王小石，而是超越過王小石，射中那支王小石背後的箭！

那箭一偏，居然還能直射，射入王小石左背脅裡！

王小石那一顆石子，及時截住那射向白愁飛胸膛的一箭！

那箭給石頭一擊，立時偏了方向，但仍「哧」地射入白愁飛右胸膊上！

——兩人互相打歪對彼此致命的一箭，竟似有極大至深的默契。

然後，局面遽然大變：

王小石變得往前跌撞幾尺，白愁飛反成向後踉蹌疾掠數丈。

兩人負傷騰動的身子，驟眼看去，就像兩隻帶箭怒飛的鵰和雁！

◇◇◇

兩人跌開數步，立定，悶哼，回身，撫胸，然後望向發箭的人！

稿於一九九三年一月十九日：正文返上海；自由時報

刊出武俠小說：「斷了」；魚皿電傳子華評我「布衣
神相」；十七弟來FAX佳；約晤吳氏雙雄；「真開心
樂園」玩嘢；出獄十二週年紀念／二十日：接得漓江
出版社出版之「少年冷血」上中下集新書；與「自成
一派」六劍聚晤／廿一日：自馬不快訊／廿二日：大
除夕；英批准倩延期返馬；「南洋」寫我；大拜神；
深圳款項匯至；羅維來札談出版專集、全集事；大買
年花；大忙之一日。

校於一九九三年一月廿三日：癸酉大年初一；與小倩
兒（首度）、葉神油、何小河、吳卅四、王爆石、漢
威、錦華八人看戲並遊維園花市；出書「少年冷血」
並看「李小龍傳」／一月廿四日：大年初二；開年；
溫瑞安、VIVIAN、黃警察、梁淑儀、何炮丹、大眼
嘢、孫益華、陳玉嬌、吳天機九人共敘於「黃金
屋」；敦煌出版全新版「戰將」、「悍將」、「闖
將」、「鋒將」四書；版稅進賬；中國友誼出版社沈
先生來電傳；重聚於海景假日翠亨邨；與慧慧安（首
次）、淑儀、有輝、老陳、吳太陰、梁腳皮、何大人
赴尖沙咀文化中心看煙花，甚歡。

第四章　英雄慣見亦平常

二一五　唯大英雄能本色

何小河！

——放箭暗算王小石和白愁飛的人，竟是「老天爺」何小河！

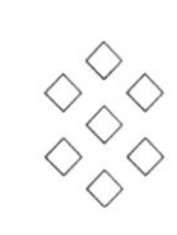

白愁飛是京城第一大幫「金風細雨樓」的總舵主，王小石是京裡崛起最快的「象鼻塔」的首領，他們身懷絕藝，身經百戰，機警過人，反應敏銳，而今竟都一個不小心，傷在一個區區弱質女流：何小河的「甩手箭」下！

不但這使得白愁飛驚異，王小石也一樣驚詫。

在場的人無不震慄：

——不管是「象鼻塔」方面的人還是「金風細雨樓」的弟子，對這俏不伶仃、活色活麗的弱質女子，全都刮目相看！

王小石本來是知道何小河是雷純的人，但他一直都沒有「見外」。他一向都能容人，所以在「象鼻塔」裡，收容了各種各類來自各幫各派的人物，爲「迷天七聖盟」、「金風細雨樓」、「六分半堂」乃至「有橋集團」所無，也因而成爲崛起並壯大最速的幫會。

他一向不「介意」這個，仍當何小河是自己人，讓她參與一切塔中要務大事，毫不設防。

但他沒料到，在今日如許重大關頭裡，何小河竟然會暗算他！

何況，他大敵當前，白愁飛的「驚神指」一旦發出，他只能全神貫注去應對。

他只有退。

所以「幾乎」（要是沒白愁飛那一指）避不開何小河的襲擊。

以白愁飛的武功和防範，何小河那一箭，能傷他的機會極微。

白愁飛之所以猝不及防，是因爲他一沒料到何小河會遽然出手（王小石不是要單打獨鬥的嗎？怎麼竟沒管好他的部下！），二料不到何小河是向王小石出手（怎麼突然來個窩裡反？他心裡正幸災樂禍！），三更意料不到箭中有箭，射向自己，到他驚覺時，他已來不及躲、來不及避、來不及閃、來不及接了！

何況，他也一樣巨敵當前：別看他進王小石退，其實王小石一面退，一面在覷準他有任何差池，都會作出排山倒海的反擊；而他已不能不進，因爲王小石的急退已帶動了他的攻勢——也就是說，他的進攻竟成了被動的！

他只能進。

沒有退路。

是以他也「差一點」（要是沒有王小石那踢起的一石）命喪何小河箭下！

那一剎間，兩人竟完全有十足的默契：

白愁飛來不及收招彈開射向自己的一箭。

他只趕得及以凌空指勁激飛射向王小石的箭。

王小石也不及避開背後一箭。

他只及一腳踹起石子撞歪射向白愁飛的小箭！

可以說，白愁飛是爲救自己而救王小石；王小石若不震開射向白愁飛的箭，要是白愁飛著了箭，必然拚死發出「驚神指」，只怕也是必死無疑。

——這剎瞬間，互救已成了同存的必然策略。

所以兩人都不死。

只傷。

——負傷是因為：

白愁飛本就無意要救王小石，是以他的指勁只震歪箭勢，並無心將之擊落。

王小石以足踢石，其準確程度遠遜於他的以手擲石。

所以兩人雖免了死，但都同時掛了彩。

或者，兩人都非真心真意、全心全意救護對方，就算被迫救人以自救、也存心要讓對方付上一些代價。

——兩大高手，兩方宗主，竟都傷於一青樓名妓何小河之手！

王小石傷得較重，他用內力鎮住創口。

白愁飛傷的較輕，但他發覺箭鏃淬毒，他運指如風，連封胸際十一穴，但並不立即拔出小箭，只臉色鐵青，默運玄功，將毒力逼到左乳首上。

——只有毒仍留箭簇上，他才有辦法以內力把毒力逼凝在箭尖上。

然後他便悶哼一聲，目光如電，射向何小河。

說也奇怪，直至這時候，他還沒有出手，但他只瞪了那麼一眼，大家都覺得他一定會出手，而且只要他一旦出手，何小河就會輸定，而且也必然死定了。

何小河也並非沒有追擊，她只是沒有機會追擊。

因爲同是跟在王小石身側的溫寶，還有護在白愁飛身邊的歐陽意意和祥哥兒，已一齊包圍著何小河。

她已沒有機會再攻襲第二次。

也沒有能力這樣做。

她已作了該作的事。

她現在就只等做完這件事之後的報應。

「很好，沒有多少人能夠成功的暗算我；」白愁飛相當英雄味的說，「妳能傷了我，算妳本領。」

「暗算你又有何難？」何小河居然不承他的情，「只不過，你的敵人大都是君子，不屑這樣做；而有能力這樣做的，多已先遭了你的暗算。」

白愁飛冷笑：「我不明白，妳何以會那麼笨！」

何小河口齒上一點也不示弱：「笨人也暗算得了你，你也不見得聰明到哪裡去！」

白愁飛不跟她口舌相爭，只說：「妳傷了我，又傷了王小石，妳根本不為自己留退路。妳大可為王小石狙擊我，亦可替我暗算王小石，而今妳兩人都偷襲了，那只有自尋死路一途了。」

何小河柔弱的臉上出現了一種甚為堅毅的表情來：「我欠人一個情，答應人一件事，我要盡一切力量來暗殺你們兩人一次，現在我已盡力，我的情已償，我的債已還，生死我不放心上。」

她淒酸的笑了一笑：「我也出身自青樓，我也擅舞，但我在江湖上、武林中，總舞不過朱小腰，反正，我是個可有可無的腳色，也許你們今天才省覺：我也有我的重要，但這先得要你們吃了我的虧才發現！」

白愁飛瞇起了眼，眼裡閃出了淬毒般的寒芒：「是誰叫妳這樣做的？」

何小河不屑的道：「我爲啥要說給你聽？你害死了『八大天王』，我本來就早該殺了你。」

白愁飛道：「妳只有一條活命的機會：那就是加入我這兒來。妳若說出那人名字，我看得起妳這下狙起發難，便給妳一個機會又如何？」

何小河居然冷哼了一聲，不耐煩的說：「加入當你的部下？不如死了好了！我外號『老天爺』，我不服的人，誰也別想用我！」

白愁飛這下可不能再忍，怒嘯了一聲：「好，這是妳自找的！可怨不得我！」

正要出手，卻見一人攔在何小河身前。

王小石。

◇◇◇

白愁飛大詫：「到這時候，你還護著她？」

王小石居然還能笑嘻嘻的道：「她是我『象鼻塔』的弟妹，我當然要保護她。」

白愁飛嘿聲道：「少來充好人了！她在你生死關頭，沒幫著你，反而害你，這還算是你的弟妹！」

王小石坦然道：「這就是你的不對了！大家結義，當然是大的保護小的，要不然，充什麼老大！她沒幫我，也只這一次；我不讓她，還是人嗎！」

白愁飛「赫」了一聲，一時竟氣得說不出話來。

何小河顫聲道：「小石頭，你……」

王小石安慰道：「我都明白，妳不必介懷。妳外表雖然柔和，但寫字大開大闔，我早知道妳是外柔內剛的人。我忽略的事，是我不對。」

何小河哽咽道：「王三哥，我這樣做，也是迫不得已……我欠了人情……我原不想傷你的……」

王小石笑道：「俗語有道：人情債，欠不得。只不知我這下著了一箭，可算還清了沒有？要是仍沒，可不可以等我救走溫柔張炭，再多戳我一箭？」

何小河幽幽的道：「我答應只出手一次……盡力的出手暗襲一次。我已出手，且已盡力，恩已還清。你知道她是誰的。」

王小石忙道：「我知道。妳不必說。我也不記著。」

白愁飛沉聲追問：「他是誰？」

何小河只泣問：「你的背傷……可痛否？」

她問的當然是王小石。

王小石搖搖首：「背傷不疼。」

何小河聽出他話裡似另有含意。

「心裡卻有點傷。」王小石坦誠的道，「無論是誰，給自己人暗算，總是傷心多於傷身的。」

然後他又補充道：「不過，要是我活得過這一役，妳和我都一定要忘掉此事，至少，妳要幫我忘掉這件事，好嗎？」

何小河囁嚅道：「我幫你？我如何幫你……」

王小石說：「妳若要幫人的忙，就一定先要具備幫人的能力；妳要幫我忘掉這些事，妳自己首先不可以記住，記得嗎？」

白愁飛這下忍無可忍，叱道：「你的好人當夠了沒？你婆婆媽媽的，在這風雲色變、寸土必爭的時際，你這種婦人之仁，只是自尋死路，不配當英雄，沒資格做梟雄！」

王小石卻舒然道：「我只是顆小石頭，做喜歡做的事，我可沒意思一定要當英雄、梟雄！如果我覺得那是對的，當當狗熊也無妨。你知道世上什麼人最痛苦？那就是平凡的人想做不凡的事，以及沒本領的人想當不凡的人。當英雄有什麼好？煩都煩死了。我只要當小石頭。話說回來，唯大英雄能本色，錙銖必較，睚眥必報，這算什麼英雄？在這紛爭互鬥的京城裡，誰背後沒給射過箭？誰心中沒給扎過刀？捅一刀、著一箭就一口咬死不放過，那也不過是逞兇本色、禽獸本能罷了，何苦來哉！？」

白愁飛嘲謔的望了望王小石、何小河二人：「你也學人來說英雄本色？我看這是英雄好色呢——你要護花，你不殺她，我可不。」

王小石一笑：「你要殺她，得先殺我。」

「殺你有何不可？」白愁飛嘯道，「我本來就要殺你！」

他忽然單拳舉起，向天。

這不只是一個動作，也是一道命令。

這命令是向他七個專誠請回來的高手而下的：

圍殺王小石！

一一六　是眞名士自風流

白愁飛已決心殺死王小石。

——這決心一早已然滋生。

他新下的決定是：

圍殺王小石！

對付敵人，在公平決戰下殺之，是英雄所爲，但梟雄大可不講這些：只要把敵人殺死就好，管他用什麼手段，管它公不公平！

此地是「金風細雨樓」。

他的地盤。

他身邊有的是他的人，他的手下，他手上的高手。

他只要一聲令下，這些人都會對王小石群起而攻之，就算這些人殺不了王小石，累也會累死他，累不死他，自己只要施施然的出手，縱有十個八個王小石都屍骨無存了！

總之，殺王小石是唯一的目的！

他對此人已忍無可忍，務必除之而後快！

——至於以英雄式的決鬥，已不必要，他要的是他死，而不僅是勝利。

打敗一個人的勝利只是一時的，把敵人殺了的勝利才是永遠的。

他已不耐煩。尤其是剛剛聽到王小石居然可以容忍／包容／保護一個刺殺／暗算／射傷了他的人之時，他就覺得：決不可以讓這個人活下去！

一刻也不能讓他活下去！

殺死他！

——這個人的存在簡直是反映出他的小氣、殘狠、不仁！

殺死他！

——王小石活著好像就是爲了證實他的人緣比自己好！

殺死他！

殺死他！？

殺死他！？

——不管如何，不讓他有任何活命的機會！

他雖令下，但「風雨樓」的子弟，不是個個都想殺王小石，不是人人想與王小石為敵的。

但起碼已立即有幾人圍了上去。

七個人。

七個非同等閒的弟子。

這七個人的師父聯手，就算是當年的元十三限、諸葛先生，只怕也難以應付；事實上，諸葛先生當日也曾費九牛二虎之力，才能擊敗其中六人，而元十三限對付其中最厲害的一個，也險些喪命。

他們有個外號，就叫「七絕劍神」。

他們的弟子也有個外號，叫「七絕神劍」。

他們是：

劍神、劍仙、劍鬼、劍魔、劍妖、劍怪、還有劍！

他們一齊拔劍。

「劍神」溫火滾的劍極有神采，握在他手上的，不只是一把劍，而是一件神兵！

「劍仙」吳奮鬥的劍很有仙意，拏在他手上的，不像是一件利器，而是一種意境！

「劍鬼」余厭倦的劍在手，馬上鬼氣森森，像隻見人而噬的鬼魅。

「劍魔」梁傷心一劍在手，宛似群魔亂舞，魔性大發。

「劍妖」孫憶舊的劍很有妖氛，他手上的劍像一隻活著的妖物多於像一把劍。

「劍怪」何難過手上的簡直不似是劍，而是會變形的事物，有時像一間房子、一雙屐子、一把扇子、一支鏟子、甚至是一口鐘！

至於「劍」羅睡覺，手上根本沒有劍。
但他的人站在那裡，發出了稀有的劍芒。
他本身就是一把劍。
「劍」就是劍。
他已無需再用劍。

◇

他們原受命於蔡京，但蔡京刻意培植白愁飛，成爲他佈在京城武林的主頭人，是以白愁飛急召他們來助拳，他們也只有聽令。
他們已包圍了王小石。
他們都拔出了他們的「劍」。
既然他們已拔出了劍，就務必要取敵人的命！

◇

王小石帶來的人，只有秦送石、商生石和夏尋石，另外就是溫寶和何小河，以及十數名「象鼻塔」的子弟，由「掃眉才子」宋展眉領導著，這時候，已給「頂派」屈完、「浸派」巴哈、「海派」言衷虛、「托派」黎井塘領派裡徒眾分別包圍、衝散。

王小石絕對可謂勢孤力單。

就在這時候，郭東神（雷媚）急掠而至。

她急得簡直有點兒氣急敗壞！

她來不及行禮已急於向白愁飛報告：

「象鼻塔的人，由朱小腰、唐七昧、朱大塊兒等領隊，大肆包圍這兒，叫囂放人，否則便立攻進來。」

「來的有多少人？」

「恐怕是傾巢而出。」

「再探！」

白愁飛略為估量一下：趕不趕得及在敵人殺進來之前，先把王小石抓起來或殺掉：不管擒或殺了，定能擊潰敵軍鬥志。

無論如何，他都矢志要在此役殺了王小石。

——否則，就寧可自己死在這一戰中！

決不再拖。

絕不可延！

——再延必使王小石壯大，象鼻塔強盛，遲早定必取而代之。

於是，他再度舉手。

左手。

四指握拳，中指向天——

他喊出了一句：

「是真名士自風流！」

這當然是句暗號。

也是句命令。

他要發動他的精英、精兵，先行阻擋「象鼻塔」的攻勢，就算阻得一陣子也好。

——只要一陣子，他便可以先行除掉他心中的頭號大敵：王小石！

按照道理，他既喊出了這一句，立即會有回應：

「唯大英雄能本色！」

——那應該是一百零八人的齊聲應話。

不，應是一百一十人。

因爲包括了孫魚和梁何。

——這「一〇八公案」正是由他們二人領導、訓練、看管。

就算孫魚已死（他已下了決殺令），至少還有梁何和他那一〇八名部下會馬上聽令即時作出反應。

可是，沒有。

沒有回應。

一聲也無。

◇◇◇

在這重要／重大／生死關頭，他的親兵／精兵／精銳之師，去了哪裡？

◇◇◇

便在此際，一向鎮定沉著的杜仲，自「風雨樓」前的「黃樓」急旋而下，急掠而至，急報白愁飛：

「報告樓主，他們已攻入樓裡！」

「怎麼!?」

白愁飛不敢置信：

「就憑『象鼻塔』那幾個毛頭能攻得入雷池半步!?」

「不！」杜仲驚魂未定：「除了『象鼻塔』的傢伙，還來了一批人，他們……

人多勢眾！」

「黃樓屯有重兵，沒道理一時三刻也守不住！」白愁飛怒叱：「來的是什麼人!?」

「好像是……『六分半堂』的人！」

「六分半堂!?」白愁飛吼道，「他們也來滲這趟渾水，去他——叫『八大刀王』死守！」

「樓主，守……守不住了！」杜仲喘道：「因爲他們是在兩人帶領下衝進來的……那兩人……大家都不敢跟他們交手——」

白愁飛猛沉著了下來。

他只問了一個字：

「誰？」

「楊無邪和莫北神。」杜仲苦著臉說，「……他們都是樓裡的老幹部、老臣子，很多老兄弟都不敢……不想跟他們動手……」

「啊。」

白愁飛還未及應變，卻見「小蚊子」祥哥兒又駭然生怖的急縱而至，人未到，已喊道：

「不好了！」

白愁飛深吸了一口氣，全身都膨脹了起來，他揚著眉毛、挺著胸膛、緊拗著唇，問：

「什麼事？」

祥哥兒臉色慘青，像剛見到了鬼一樣——不，應該說，是見到了比鬼還可怕的事物，才足以使這個瘦小膽大的人如此駭怖慌惶。

一一七　寬心飲酒寶帳坐

「什麼事？」

祥哥兒驚魂未定，還沒來得及回答，「轟」的一聲大爆炸，地動樓搖，土揚塵漫，白愁飛立即分辨得出來，那爆炸聲響自當年「傷樹」之所在。

他心中一沉。

他已驚覺到一些什麼。

他不希望它會成爲事實。

千萬不要——他什麼都不怕，就怕這個、就怕這件事、就怕面對這個事實。

可是不管怕與不怕，事實就是事實。

事實往往是殘酷的。

真實通常也是冷酷的。

但真實通常也跟月亮一樣，有兩面的：一面光一面暗。

是以，這事實對某些人而言，可能是殘酷的打擊，對另一些人來說，卻是意外的驚喜。

——至少，對王小石卻絕對是後種感覺。

而且對場中其他「金風細雨樓」的弟子，有的是第一種感覺，有的是第二種感受，唯一相同的是，人人都十分複雜、震詫！

◇◇◇

一行人自塵土瀰漫的青樓舊地步出。

一群人，簇擁著，三頂轎子，佈陣而出。

三頂轎子中，有兩頂，一左一右，不掛轎簾，一目了然。

一男。

一女。

男的低頭。

女的美而清純。

中間那頂轎子，垂著深簾，轎裡的人大可看清場中一切，場裡的人誰也看不清轎裡是什麼！

白愁飛只覺一陣悚然。

他知道這兩人是來者不善，善者不來。

因為這兩人不是誰，卻正是跟「風雨樓」敵對多年、爭持不下的「六分半堂」裡的兩大領袖：

署理總堂主（大堂主）「低首神龍」：狄飛驚。

真正總堂主：雷純！

以這兩人之尊，以及在「六分半堂」舉足輕重的影響力，如果不是全力一搏，如果不是有充份把握，這兩大敵對派系的「巨頭」又怎會在今夜一併「深入虎穴」、「直搗黃龍」!?

深明這一點關鍵的白愁飛，深深的、徐徐的、緩緩的吸了一口氣。

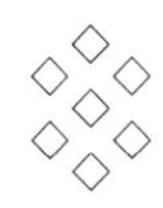

風很狂。

白愁飛衣袂飄飛。

——他，真的飛得起麼？

雪下得很稀疏。

像一隻隻斷了氣的小白鶴，折落於地。

——想飛之心，真的永遠不死麼？

「你們好。」白愁飛居然招呼道，「你們來的好。」

雷純的雙眸，亮得像兩盞燈，除了有過份濃悒的愁色外，她的眼就像小貓小狗的瞳孔一樣亮、一樣精靈、一樣的可憐。

狄飛驚依然垂著首，像在尋思，又像是在他腳下三尺，正埋著一座寶殿皇宮。

白愁飛估量了一下：這一行有三十幾人，他是否能夠作出密集而快捷的襲擊，在敵人聚集兵力攻入之前，迅速摧毀或生擒了這兩人——只要他能做到這點，就大可穩操勝券。

能嗎？

不能。

主要是：

他無法準確衡量出狄飛驚的武功和實力，另外，這一行人的帶隊，是一個人：

一個可怕的人——

一個他原以爲已經在當年雷損命喪「紅樓」時就陪殉了的敵人：

雷動天！

◇◇◇

白愁飛見雷動天出過手，他也曾跟雷動天交過手——這個「六分半堂」的二堂主，曾在雷損死後，一力死抵整個「金風細雨樓」，保住「六分半堂」的主力精英衝出重圍，以致身負三十七道重創，卻沒想到他仍未死！

他不認爲自己能夠迅速解決雷動天！

雷純純純的笑了。

她的酒渦很深：

「你的背傷好了嗎？」

白愁飛聽了這無頭無尾的一句，如遭雷殛，臉色刹然紅如赭色。

她那一句平白無端的話，彷彿要比何小河當胸射他的那一箭，更具殺傷力！

原來是她！

在白愁飛還未來得及作答之前——雷純已然說了下去（她是跟狄飛驚說的吧）：

「我想，白副樓主對我們的出現，定必感到十分意外，相當震訝的了。」

「我是意外，」白愁飛冷笑道，「沒想到你們會來自投羅網，忙著送死。」

狄飛驚望著鞋尖，悠悠的道：「我們既能來得讓人毫無警覺，就能來去自如不受制。我想，白二樓主最震詫的，還是我們不遲不早，不偏不倚，卻在這時候來到。」

雷純幽幽接道：「我看，白老二更驚訝的是，我們居然是從他以爲毀了的地下通道裡炸上來的。他就怕這個。」

白愁飛瞳孔收縮，沉聲道：「你們是什麼意思？」

「真不好意思，」雷純目光幽然，語音也悠然的說，「我們在你以爲已全然控制局面，掌握大權，正寬心飲酒寶帳坐之際，收留了一個你亟欲置之於死地的人。」

白愁飛只覺腦門又給轟的炸了一記，只覺心跳急促，氣躁亂竄，眼前金星直冒、雪映烏光：

「妳……妳說什麼!?」

「我？」雷純悠然復悠然的說，「我只是給你帶來了一位朋友。」

她頓了頓、幽艷而憂鬱的笑了，「一位老朋友。」

她說到這裡，就有一個在出現之後，一直守在轎前，不住取換濕毛巾抹臉的俊秀（但卻有個中年人凸顯的小腹）漢子，掀開了那頂中間轎子的黛色深簾！

一一八　成敗興亡一剎那

轎簾一打開，王小石一口心幾乎飛出丈外，忘形的大叫一聲：

「大哥！」

轎簾掀開，蘇夢枕也沒有先看白愁飛、雷純、狄飛驚、還是任何別的人……

他第一個看到、看見的，也是王小石。

他一見著自己這個兄弟，就笑了。

他自己已不知道已多久沒有真正的笑容；他甚至已以爲自己忘了怎樣笑了。

「小石頭！」

可是笑容一現即凝住了。

「你怎麼了!?」他驚問：「怎麼五官都淌血!?」

轎子的簾一旦掀開，白愁飛只覺自己折了翼，完完全全的掉落在冰窖裡。

一種深刻的恐怖，襲擊了他向來的憂慮，重大的心結、無盡的陰影！

——蘇—夢—枕—未—死——！

——他回來了！

轎簾掀開。

——正如打開了門、窗或封蓋一樣，另一個世界，就會出現在眼前。

當轎簾：

掀了開來。

乍聽，王小石也懵然。

他用手在鼻端一抹，才知一手是血。

何小河適時遞上一面鏡子，他照看了，才知道從耳、眼、鼻、口都滲出了血絲。

他怔了一怔，畢竟是深諳醫理，這才省覺：自己先是在背上著了一箭，又乍見蘇夢枕活著，激喜過度，血氣翻騰，而又忘了欽神自抑，以致血流逆衝，五官淌血，而不自知。

他當下便道：「這不打緊。大哥，能見到你，那就沒比這個更好的了！」

「是的，」蘇夢枕喟息道，「能再見著，也真不容易。」

王小石興奮未平，「不過，我們仍然相見了！」

「是的，」蘇夢枕的語音也激揚了起來，「咱們終於相見了！」

然後兩人一齊望向白愁飛。

白愁飛仍在深呼吸。他像忙著呼吸，急著呼吸，爭取著呼吸。

「我終於找著你，」他對蘇夢枕說，然後又向王小石道，「我也成功把你引入樓子裡來——加上雷純和狄飛驚自投羅網，我正好一次把你們這干狐群狗黨一網打盡。」

王小石與蘇夢枕對望了一眼，王小石道：「放下吧，二哥！」

白愁飛咄道：「放下什麼？」

王小石道：「放下執著。」

白愁飛冷哼：「我放不下，我也不放。」

王小石：「你犯不著為妄念送上一命，老二，到這個地步，有什麼拿起來還放不下的！」

白愁飛：「我現在還能放麼？難道我會求你們放過我？——何況，我根本沒有敗！你們人在風雨樓裡，生殺大權，仍操在我手上！」

雷純的長睫對剪了剪，悠悠的問了一句：「是嗎？」

然後她接著問：「你還認為『金風細雨樓』的弟子都為你賣命嗎？」

她緊接著問：「如果他們仍都願為你效命，你不是訓練了一支精兵，叫『一〇八方案』的嗎？現在都到哪兒去了？嗯？」

她不待白愁飛回答，又問：「你的心腹大將梁何呢？孫魚呢？都去了哪裡？」

她還再度追問：「像你這種人，只顧背叛奪權，誰賞識你，都沒好下場！誰跟從你，也不會有好結果！你以為相爺不知情嗎？當日你加入害梅長老，為了奪取『長空神指』指訣，不惜下毒暗算，殺盡其他元老，然後，江湖上才出現了白愁飛，並把『長空神指』轉化為『驚神指』，企圖掩人耳目，亂人視線！你殺人毀證，不必償命，還儼然以俠道自居，枉費蘇公子一手提攜你，跟你義結金蘭，你又重施故技，弒兄纂位！像你這種人，你以爲你的盟友援軍，還會相信你！？支持你！？力助你！？」

白愁飛詫訝至極，禁不住張大了口，「妳……妳是怎麼知道……這些的！？」

「英雄慣見亦尋常，更何況是你這種貨色！」雷純鄙夷的道，「若要人不知，除非己莫爲。你的心腹大將：梁何，本來就是梅長老的弟子，他曾助你完成那件鄙惡的事，而我早就收買了他。」

白愁飛張口結舌：「妳……妳……」他現在才知道自己完全低估了這個女子。

「豈止梁何，何小河那一箭，也是我著她射的！」雷純不徐不疾、有條有理的說，「她一早就是我的結拜姊妹。我跟你們初識於漢水江上，就是爹暗中派我去江南江北聯絡各路英雄豪傑之時。當時江上遇的強梁者老大那些人，就是『迷天盟』派來意圖阻止我的計劃的殺手。我一早已暗裡處理堂裡事務，何小河本來不識武功，是我央人教她的，她學了武功，才不致在青樓裡無法自主、被迫淪落！我也曾救了她一命。所以，她欠我兩個情。我要她放兩支箭，去殺兩個人——且不管是否得手，我只要她盡力。」

這次是王小石接問：「所以，她剛才發了兩箭，還清了情？」

雷純笑了：「你一定覺得奇怪，我爲何要何小河既射白愁飛，但也不放過你了。其實這天公地道。你和他都是我的殺父仇人——沒有你們聯手，我爹爹也不必死了。」

白愁飛抗聲道：「這沒道理！妳要射殺我們，卻救了你的首號大仇人：蘇夢枕！」

「我是救了他，」雷純柔柔的笑道，「若不救他，怎麼才能奪回金風細雨樓的大權？靠打硬仗？一仗功成萬骨枯！我們還活著的有幾人？你們剩下的有誰人？如果元氣大傷，互相殘殺，對誰有好處？有橋集團正在虎視眈眈，迷天盟亦正暗中招兵買馬，準備重整旗鼓，打硬仗是你們男人的事，講智謀才是我的本事。」

「沒有十足的把握，我是不出擊的。」雷純說，「你們現在都是負了傷的老虎，而你……」

她向白愁飛不屑的道：「非但受了傷，連爪牙都沒了，看你還兇得哪兒去！」

這回連王小石都倒吸了一口涼氣，覺得風特別狂、雪特別冷，不由得機伶伶的打了一個寒噤。

「無論如何，妳都是救了蘇大哥……」王小石衷心的說，「我還是十分感謝妳。」

「我倒要謝謝你的提醒。當日，你著何小河跟我說：『昔日秦淮河畔的藉醉狂言，而今恐怕要成真了。』我想，這裡邊大有蹊蹺。第一，我們只相遇、相處於漢江水上，沒會於秦淮河畔。第二，秦淮河畔的煙花之地，反而是以前白愁飛常去尋機會的地方。第三，我們四人在漢水行舟，倒是聽你們趁興提過，白愁飛有意問鼎中原、雄霸天下；你曾勸他不必太執著，當來玩一趟就好，要是傷人害人才得天下，那麼有了江山也失去了本性，划不來。白愁飛當時也表明想要跟你一較高下，你擺明不想有這一天。——我想，你指的就是這件事。你向來記性都好，不可能記錯了地方，且錯得沒有譜兒。我覺得你其中必有暗示。」

「我跟白二哥畢竟長期相處、長時間共事，對他一切，多少也有瞭解。」王小石語重心長的道，「我覺得他對妳始終有非非之想，希望能藉此警示妳小心一些。我知道妳是個極聰明的女子，我這樣說含蓄些，也不怕妳不明白。」

「我明白。我從那時起，就已經著意調查他的身世和來歷。後來加上楊無邪，更加如虎添翼，何況我們還有來自梁何的情報。」雷純娓娓道來，不無感觸，「有的事，先一步做和遲一刻爲，誠然有天淵之別。當年，要是爹已先一步成功的收買了莫北神，在那一次蘇公子和你們兩人上三合樓來見狄大堂主之際，以『無髮無天』小組和『潑皮風』部隊的實力，大有機會收拾你們。可惜爹遲了一步。他就在那一役中覺察到莫北神的實力，才全力拉攏，但已不及扳回乾坤，終致身歿。說起來，我因你一語警省，再調查白老二的來龍去脈，雖然得悉了不少秘密，但仍算太遲了些，吃虧難免。我受到這事的教訓，便永遠記住了先下手爲強、後下手遭殃的道理。你對蘇樓主先下毒手，我便對你先發動了攻擊。」

「你以爲你是什麼大家閨秀、名門淑女，說穿了不過是個爛了幫的鞋，送上門的貨，別一副玉潔冰清、首領群倫的矜貴模樣！誰是騷狐子投的胎，窯子裡下的種，誰的心裡可一清二楚！」白愁飛忽然破口大罵，更遷怒於王小石：「王小石，你這還算什麼兄弟！我跟你說私己的話，你卻把我的戲言當斤論兩的出賣！我是說過要是討得雷純作老婆，就如同拿下了『六分半堂』的大權；我也說過只要拿下了溫柔，就可以制住洛陽活字號溫晚的外侵——可惜我只說，沒有做。」

雷純也不動氣，只溫馴的反問了一句：「你沒有做？你剛才不正是困住了溫柔嗎？」

白愁飛冷哂道：「那是她自己心甘情願的來，我可沒叫八人大轎抬她過來，也沒找人去把她綁進來！」

雷純動人的笑了一笑，好暇以整的道：「那你何不放了她？」

「放了她？」白愁飛倒似給一言驚醒似的，「來人啊，拿下她，或殺了她！」

自從王小石進入風雨樓後，白愁飛自把戰志全集中在這首號大敵身上；俟雷純與狄飛驚出現之後，白愁飛更無法兼顧溫柔、張炭那一頭；及至蘇夢枕重現眼前，他意亂神駭，早已無法分心，溫柔和「留白軒」的事，暫丟一旁，不復兼及。

而今雷純這樣一提，倒是提醒了他，若拿住溫柔，可以脅持蘇夢枕、王小石和雷純，不然下令把她殺了，至少也可分敵人的心。

他處於劣勢，應付之法，已不能事事力求完美，能做的，就得馬上進行，穩不穩實已是另一回事。

他這一聲令下，背後的兩人：利小吉和朱如是立即相應。

王小石怒道：「你——」便要掠身相截。

白愁飛長身一攔，已擋住了他的去路，只疾向他兩名手下吩咐道：「快去！」但朱如是和利小吉並未馬上就走，利小吉問：「還有張炭呢？蔡水擇呢？要殺了還是擒下來？」

白愁飛道：「那兩個跟屁蟲、飯桶？殺了不必容情！」

到這時候、這地步，白愁飛雖然深受挫折、數面受敵，但他依然戰志旺盛、鬥志頑強。

朱如是也問了一句：「要不要把紅樓裡的『神油爺爺』葉雲滅也請出來？」

白愁飛仍注視著王小石的一舉一動，口裡吩咐：「連『驚濤先生』吳其榮都來了，葉神油怎能閒著？叫祥哥兒去速請！」

朱如是、利小吉一齊都答：

「是！」

突然之間，一齊出手！

一起向白愁飛出手！

他們都一齊朝白愁飛的背後出手！

——成敗興亡一刹那，這片刻間，白愁飛從全勝者的姿態，屢遭挫折，迭遇打擊，且遭「象鼻塔」、「六分半堂」夾擊，背腹受敵，頭號大敵王小石和敵對派系的頭子、首領，一起殺進潛入自己的大本營來，加上自己最顧忌的仇家蘇夢枕，居然未死，重現眼前，而兩大愛將梁何、孫魚，又一齊背叛，在白愁飛眼前的，不但四面楚歌，簡直十面埋伏，如同死路一條！

但白愁飛依然頑強。

他不認輸。

他還要鬥下去。

——卻沒料反撲的命令才下，他身邊的「四大護法」：「吉祥如意」中，竟有兩人對自己發出了暗襲！

一向只有他偷襲人的白愁飛，而今竟一再給他身邊親近的人暗算，他心中可是什麼滋味？

你說呢？

◇◇◇

且先避得過去再說吧！

——人生裡遇上的劫，首先是要先渡得過去，要是過不去，那就啥都不必說了。

而當日「金風細雨樓」的主人，因其重用而一手擢升的白愁飛的叛變而受盡了苦的蘇夢枕，卻依然安然端坐簾後轎內，在他那微藍帶綠的瞳孔裡，彷彿已看盡了一剎那間的成敗，一瞬息間的興亡，而今只安然寬心寶帳坐，哪管他眼前小小江山，繼續前仆後繼的興興亡亡下去。

◇◇◇

稿於一九九三年二月一日：與吳少其、吳老榮等六人計劃赴台行之種種憧憬；「敦煌」處有讀友洽談電影版權「戰僧與何平」事；倩首紀念／二日：完成武俠小說「傲慢雨偏劍」／三日：羅維先生來信「溫瑞安作品全集」事可行；曹正文兄傳真說明一切出版事照樣進行；羅小姐看完第一篇小說：「四大名捕震關東」之「追殺」／小熊貓開始看第一本文藝小說；正式細研數十份大陸與我之出版合作合約／五日：自由時報刊出武俠作品「喜歡顏色的門徒」／六日：十五元宵；與「大昏迷」、「大䀈嘢」、何巨門、羅機祿、榮少六人首赴澳門行；「葡京」大決戰；羅十一理事、吳十七理事、榮廿四理事獲「自成一派」新印名片；為陳三補慶生日；與斑師通電細談；與羅梁權首乘三輪車；傻豬返港得再延居留三個月；為近年來最好笑、暢懷之一日／七日：笑個不停之一夜；發現「槍」在中國大陸之盜版；文中俠國際電話留言／八日：內地部份版稅匯至；各人與The Greatest Look之衝突；榮麒電傳，令人感動；最P但極開心的一段歲月。

校於一九九三年二月九日：徐培新轉款至；赴台行機票酒店已訂得；慶均先生來函，盛意拳拳／十日：方恨少來函；「張子房」為二吳開講；病／十一日：恙；為王虛空、白「仇」飛、十八羅漢果「開課」；溫、羅宋湯、麒少、榮少、何家猜、梁䀈嘢半夜飲咖啡於「維納」；任平兄來信／十二日：仍抱恙；斥五妹；十七弟、廿四弟傳真、來電／十三日：與陳麗池小聚暢談；中國故事雜誌刊出「小相公」；傻雞首次正式大煮餸；病癒／十四日：情人節與小倩遊大嶼山、大佛、寶蓮寺；溫瑞安、無敵小寶寶、梁神油、何家雞、咸詹餅、吳蕉皮大鬧銀礦灣／十五日：與反斗星、吳十七、何吔蕉、梁飛鞋、詹無謊、豬肉榮看戲後宵夜於「聖地牙哥」；與二吳密議分派編務工作等要事；「新潮」約稿／十六日：與小波通電；有「海天」盜版「說英雄・誰是英雄」系列；與 VIVI-AN 歡敘。

第五章　天雠

一一九　高手易得，戰將難求

利小吉使的是「子平飛簾」，他的七色簾布，彷似怪蟒騰雲，神龍翻空，抽擊向白愁飛背門！

朱如是的「鐵板神索」急取白愁飛背後十三道要穴！

白愁飛尖嘯一聲，在朱如是與利小吉發動攻襲的同時，突然臉色煞白一片，如受重擊，整個人像是飛空中的一片無依而墜的落葉，左手夾於右腋之下，右手五指，狂抖不休，人卻急掠而起。

利小吉外號「一簾幽夢」，功力高深的要是著了他一簾抽擊，只怕也得在床上養個七八年的病，何況他這回是七簾齊出！

但這七簾抽打在白愁飛身上，卻如擊朽木，飄不著力。

非但如此，連「一索而得」朱如是的「鐵板神索」，也只能把白愁飛背部的衣袍絞得破碎，但卻不能傷他分毫。

然而白愁飛人在半空，宛若飄雪，他左手五指，忽自腋下如拔劍一般抽了出來，急彈而下。

一時間，長空充滿了漫天絲絲之聲。

利小吉和朱如是的武功，無疑已近一流高手之列，何況二人襲擊在先，絕對可以說是穩操勝卷。

不過動手的結果顯非如此。

白愁飛人同腐木，如紙飄飛，並發出了像觀音揚枝灑水的白光指風，不一樣的是，這密集如勁雨的指風，旨在殺人，並非救人。

就在這時候，忽爾，在轎裡的蘇夢枕，目光綻出一種說不出的、詭異得接近恐怖的寒綠來。

他陡地叱道：

「足三里！上巨虛！」

白愁飛在半空如受電殛，看得出來他猛然一震，身形一挫，驟地半空一個翻身，左手尾指、中指指風陡滅，但其他三指指勁依然不減。

蘇夢枕遽又疾喝了一聲：

「鳩尾！廉泉！」

白愁飛在半空的身子猛地一彈，像乍置入熱鍋中的鮮魚一般，折騰了一下，好像那四個字是兩枚鋼鏢，一齊切在他指上一般：他的無名指和食指的指風，也陡然消失了。

只剩下一縷拇指指風，居然一分爲二，如勁箭一般分射利小吉與朱如是額心，勁尾竟還炸出了火光。

就在這時「哧哧」二響，王小石雙手一揚，各發出一枚石子！

石子分別截住指勁。

「啵！啵！」兩聲，石子給指勁激裂：

粉碎。

白愁飛這才自半空落了下來。

他連彈五指，其中四指甫發，罩門已給蘇夢枕喝破——要是他還要硬攻，敵人只要照蘇夢枕叱破的穴位出擊，他就必吃大虧，所以他只好急收去了四道指勁，然而剩下的一指，依然有莫大神威，卻爲王小石二石所破。

白愁飛落於丈外，狠狠的盯著蘇夢枕和王小石。

王小石喜忭忭的道：「大哥，我又和你聯手了！」

蘇夢枕喟息道：「是的。人生在世，能跟兄弟朋友聯手對敵，已是一種幸福。」

王小石喜孜孜的說：「只要大哥喜歡，小石頭永為你聯手應敵！」

蘇夢枕道：「小石，一生中最重大的戰役，大都得要孤軍作戰的。」

王小石呆了一呆，卻聽雷純說：「你剛才情急所使的，已沒多少所謂『驚神指』法，而分明是『長空神指』的運功法。」

白愁飛悶哼一聲，「我是取得了『長空指訣』，但我沒有殺梅長老。」

雷純又道：「你背部仍留有爪痕。那是我抓傷的。你做了什麼虧心事，心知肚明。你剛才還說只說不做，那是瞪著眼說瞎話！」

白愁飛狠狠地道：「我做了又怎樣!?妳早已是我的人了，我說什麼也是妳的入幕之賓，妳敢謀殺親夫不成!?」

雷純寒起了臉：「你少來不要臉！你在那齷齪巷子裡做的事，我發誓要查分明。那次，狄大堂主因受命於爹，把我和溫姑娘點倒後，暫交『破板門』，爹是希望我不要直接受到兩幫仇殺的衝擊。我查過這件事的來龍去脈，除開狄飛驚和爹爹之外，知道我給送往『破板門』的，只有林哥哥、林示已和林己心一堂主二香主。林堂主當時隨爹出擊，二林香主不久後亦退出『六分半堂』，至今仍不知去向。爹後來亦在這兒受狙，臨歿時他叫我如要報此大仇，只要看定你——」

白愁飛怔了一怔：「我？」

「對，你！」雷純道：「我那時才知道，原來爹一早已收買了你，以為在他攻打金風細雨樓時你會出手相幫，他才敢胸有成竹，深入虎穴，直搗黃龍。但你在重要關頭，並沒出手，反而跟蘇夢枕同一陣線。也許你是覺得推翻蘇公子的時機尚未成熟吧？或許你認為先要把六分半堂的實力挫下後才再背叛蘇夢枕奪得大權吧！又或者你還需要時間來培植自己的實力。不過，爹亦看出你對蘇樓主必有貳心，算定你終會奪蘇夢枕之權，你那時不出手，不代表永不背叛，只是你的時機尚未成熟。他叫我留意你，因蘇樓主的基業，遲早要敗在你這個野心家的手裡。我那時就知道：你趁爹要籠絡你之便，偷偷潛入『破板門』，收買『禁忌二使』林己心和林示已，要待爹如成功打垮風雨樓，便另謀一場裡應外合的叛變。」

白愁飛只聽得一味冷笑不已。

「可惜你沉不住氣。你為往上爬，作過不少孽。為得『長空指訣』，不惜趕盡殺絕。你也長期逗留煙花之地，加入『金風細雨樓』後，自珍羽翼，不再留連風月場所，潔身自好，但野性獸心，難以久抑。」雷純說到這裡，一雙水靈靈、勾人魂魄的大眼睛，也充滿了怨毒的恨意，「你跟雙林香主聯繫勾結時，發現我和溫柔就給關在那兒，於是起了卑鄙之心，故意弄得邋塌骯髒的，希望不讓人認出是你，你才放膽去做那禽獸不如的事……」

白愁飛聽到這裡，忽然哈哈大笑起來：「是我做的，怎樣!?都是我幹的，又如何！我已成功的累死了雷損，扳倒了蘇夢枕，還強姦了妳……我已玷污了妳的身子了，我賺了，妳失貞了，妳又能奈我何！」

王小石吼了一聲，還未說出話來（因太激忿之故），雷純已平平靜靜閒閒淡淡的接道：「這是什麼時候！我是什麼人！——你看扁了我了。那算什麼？你以爲我會尋死？從此心繫於你？告訴你，我當是給狗咬了一口。我是江湖兒女，不在乎這些。我只會伺機報仇。今日，我就證實了確是你所爲；現在，就輪到我報仇！」

白愁飛冷笑道：「妳少賣狂，今日鹿死誰手，尙未得知，說不定，我還要感謝妳把蘇老大和六分半堂一併兒奉送給我呢！」

雷純婉然一笑：「蘇夢枕、狄飛驚、王小石都在這兒，你的勝機極小！」

白愁飛傲笑道：「我還有『八大刀王』、任勞任怨、四大護法、四派掌門、七絕神劍、六大殺手、神油爺爺、天下第七、郭東神……你們豈一一對付得了？我有的是高手！」

他越說越有信心，同一時間，祥哥兒已領著一名臉披長髮、腳著白靴，嘴唇成古怪的「凹」字型的中年人急馳而至。那在轎前取濕布抹臉的年輕人一看，眼睛立即發著光。兩人一朝相，好像在眼色裡已乒乒乓乓、交手了幾招，打得轟隆作響。

雷純婉約笑道：「你的四大護法，已叛了一半。兩大心腹，已把你的精兵『一〇八方案』化友為敵。四派掌門，豈是『六分半堂』雷動天雷二堂主和魯三箭、林哥哥、莫北神、楊無邪、鄧蒼生、任鬼神之敵？蘇樓主出現了，王小石回來了，你『風雨樓』裡還肯為你賣命的部屬，只怕不到三成！神油爺爺雖然來得及時，但自有驚濤先生侍候著！六大殺手那一眾人，能敵得住『象鼻塔』精英!?至於任勞任怨、天下第七、八大刀王、七絕劍手……你以為他們一定會為你出手？」

白愁飛怒笑道：「不然怎樣？難道幫妳？」

雷純淡然笑問：「他們原隸屬於你的人嗎？就憑你的字號，還沒那麼響吧？」

白愁飛嘿笑道：「他們都是相爺的心腹大將，而我是他義子。」

雷純淡淡笑道：「相爺他老人家有的是義子。此外，他的野心也太大些了，他可不一定放心你在『金風細雨樓』招兵買馬、不斷坐大……」

白愁飛怪笑道：「妳少離間我和乾爹……」

雷純秀眉一剔：「離間？」

她忽自懷裡取出一束一物：「這是相爺手諭和手令：我今晚領導大家推翻在『金風細雨樓』弄權誤事的白愁飛，乃係受相爺之令行事，凡相爺麾下友朋同道，亦應助我行事。」

白愁飛一聽，臉色大變。

他這時才總算弄明白了：

這事無怪他一直都給蒙在鼓裡，且處處爲雷純所制了，原來自己暗中壯大的事，已爲蔡京所察，今晚的事，根本是義父已不信任他後一手設計的！

只聽雷純婉婉轉轉的道：「怎麼？你還要不要問問七絕神劍、任氏雙刑、八大刀王、天下第七他們的態度，嗯？」

隨後她又婉轉笑道：「高手易得，一將難求。現在，你身邊一個戰將俱無，就憑你，又兇出什麼花樣來？」

然後她說：「認栽吧！白愁飛，我就等今天，要在長巷中做出齷齪事的你，栽在我的手上！我是個有仇必報的女子！」

二二〇　空懷大志，一事無成

「我沒死，」深受四面楚歌、十面埋伏境遇的白愁飛奮然吼道：「就沒敗！」

「這句話該是我說的。」蘇夢枕幽幽地道，彷彿在轎裡暗處和深處的，不止是一個人，還是一道藍色的幽光，「不過，就算人死了，也不一定就等於是敗了。」

白愁飛望向轎子，憤然道：「我真後悔當日沒把你殺了。」

蘇夢枕悠悠的道：「當日不是你沒殺我，是你殺不著我。」

白愁飛忿然道：「你別得意，請鬼容易送鬼難——你把六分半堂的人請進來打江山，日後就得把大半壁江山送與人。」

蘇夢枕森然道：「這個不勞費心——總比送予你的好。你殺了我不少好兄弟、忠心幹部，讎已不共戴天。你加諸於我身上的，我可以算了；但是眾兄弟們因我信任你而遭橫禍，這筆賬就非算不可。」

白愁飛狂笑起來，語音充滿了譏誚之意，「你要報私仇便報私仇，少在人前吹牛說鬼話，把自己說成毫不計較，只爲他人手足討公道似的！」

他原本一直都甚爲冷眼冷臉，連笑也多是冷的，甚至一向很少笑，但當他眼見這個伏殺王小石、剿滅象鼻塔的重大日子，卻赫然看見「六分半堂」攻入「金風細雨樓」，蘇夢枕居然復活了，梁何、孫魚居然一齊叛變，精銳之師「一〇八公案」倒戈相向，四大護法中已有兩人向自己暗襲，自己的強助全因失寵於義父蔡京而袖手旁觀，甚至連當日在「破板門」的所作和加害梅長老之所爲，全給雷純洞悉……面對強敵無數，自己背腹受敵，換作別人，早已崩潰了，但他卻因此激發了莫大的鬥志，以一種「不死不休」的精神來面對這些「有不共戴天之讎」的死敵！

他雖頑強，但人已失常。

所以他一直笑。

因爲他內心感到悲憤。

——他覺得他不該遇到這些！

（怎會一個朋友也沒有!?）

（他的兄弟全出賣了他！）

（他待人那麼好，這時候，竟然所有的戰友都成爲強敵！）

（那不公道！）

（這不公平！）

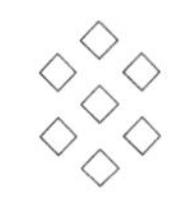

他不惜孤軍作戰：

——作戰到底！

他覺得自己一生努力，只不過不想空懷大志，到最後仍一事無成。

他認爲他沒有做錯！

這時候的局勢已很分明：

蔡京的命令（至少是「指示」），必然在雷純還未出示他的手諭和令牌之前，已告知了八大刀王、七絕神劍、任勞任怨乃至四大劍派掌門等人，所以，他們當然不會甘冒大不韙爲白愁飛出手。

而且，各人還忙著表態：生怕讓人誤會他是跟白愁飛站在同一陣線似的。

要不然，以「七絕神劍」合擊之力，斷沒有理由截不住王小石的。

——如果他們硬要截阻王小石，不讓他跟蘇夢枕會合上的話，局面便可能已有很大的不同。

不過，並不是人人都如此。

至少，有三個人，是「立場鮮明」的支持白愁飛的。

這三個都是重要人物，也是場中眾多高手裡的一級高手：

「郭東神」雷媚。

「天下第七」

「神油爺爺」葉雲滅。

除這三人之外，「金風細雨樓」的弟子，可以說是分成了「四派」：

第一派一見蘇夢枕，大喜過望，他們就等這麼一天，重會故主，而今給他們見到了、等著了，自然忙不迭的繼續支持他們一向以他馬首是瞻的蘇樓主。

第二派人一向支持王小石。他們深受王小石恩澤，向來對白愁飛都看不順眼，或有積恨在心，他們本就不願對付王小石，只差沒真的投身於「象鼻塔」陣營裡罷了。

第三類子弟見風轉舵。他們眼見白愁飛孤掌難鳴、大勢已去，他們跟白愁飛也算不上什麼特別情誼，只願袖手旁觀，決不肯在此時爲他賠上性命。

最後一種徒眾是白愁飛的忠心維護者，可是，如果擁護白愁飛的人，多也是宰相蔡京的子弟兵，而且，大都是「牆頭草」之輩，既見白愁飛難以扭轉乾坤，局勢並不明朗，他們也多不肯站出來、站起來、或站到白愁飛的身邊去！

如此下來，在這「強敵」寰視、生死存亡之際，能真正表態支持白愁飛對抗眼前宿敵無數的人，可謂少之又少，還不到樓裡子弟的一成！

這樣一來，大勢已定，幾已可不必交戰了。

一個人平時是怎麼對待人的，在生死關頭之際，人們就會怎麼待他。

白愁飛自然知道這一點。

因爲他常常出賣人。

——他既然常作背叛的事，當然就有遭人背叛的心理準備。

所以，他一向、一直、一路來無時無刻都沒有鬆懈過。

他謹慎提防別人背叛他。

他怕別人出賣他——就好像他出賣人一般。

是以，剛才利小吉和朱如是對他的暗算，他能及時反應，故而只能傷了他，但殺不了他。

他一直都有防備，尤其對朱如是和利小吉二人，他覺得「一簾幽夢」與「一索而得」對蘇夢枕都很忠心，而對自己並不如何盡忠。

所以他在四名護法中，一直都比較重用歐陽意意和祥哥兒，較少予「一索而得」朱如是和「一簾幽夢」利小吉什麼重大任務。

而今果然。

這兩人果來偷襲他！

——要不是蘇夢枕和王小石從中作梗，他已一舉先取這兩名叛徒的性命！

可是他現在最惱怒的是：

連剩下的兩名護法——「小蚊子」祥哥兒和「無尾飛鉈」歐陽意意，看來也十分困擾的樣子，似乎不知該走到自己這一方來，還是索性走入敵方陣營去的好！

沒想到，到這個地步，當真是眾叛親離！

不過，也沒料到，到此地步，卻還有三個強助，與自己共同進退。

他明白這三人支持自己的「主因」：

雷媚（郭東神）「不得不」支持自己，因爲她先背叛了「六分半堂」，刺殺了雷損，又背棄了「金風細雨樓」，狙襲了蘇夢枕。兩方面的人馬，都不見能再容她。她已無路可走。

「天下第七」也「不得不」支持自己，因爲他跟自己是同一樣的人；他們同樣卑鄙、同樣無恥、同樣武功深不可測、同樣爲達成目標不擇手段。只不過，他自己較能指揮領導組織，天下第七卻是一個一流執行任命的人，同時也是個好殺手。

至於葉神油，卻是他「禮聘」回來的，這個人只要吳其榮站哪一方，他就必然與之敵對——與其說「神油爺爺」在幫自己，不如說他只是要對付「驚濤書生」。

可沒想到，他的實力，一下子，只剩那麼一點點了，而且，都只是勉強湊合出來的。

想只不過在片刻之前，他還是躊躇滿志，以為能藉此殺盡象鼻塔的人，剷除王小石，獨霸京師，進軍朝廷，沒料……

雪下得密了。

風狂依然不減。

白愁飛又想到那首歌：

「我原要昂揚獨步天下，奈何卻忍辱藏於污泥……我意在吞吐天地，不料卻成天誅地滅……」

這一剎間，白愁飛忽然想到：自己何苦來京師走這一趟呢？

——如果自己不是野心太大，見好就收，而今仍是天子腳下第一大幫會：「金風細雨樓」的副樓主，而且只要等蘇夢枕一死（就算而今再見到這個人，看他的精神氣色，已當知他沒多少時間可活了，自己當初為啥要這般沉不住氣呢!?），整個樓子的實權就是自己的了，又何必鬧得這般仇深似海、天怒人怨呢！

一二二　養兵千日，欲用無人

可是這絲悔意，只不過在白愁飛心裡一掠而過，甚至還來不及在臉上現出悔色來，他的想法已變成了：

——殺出去！

——敵人雖多，但蘇夢枕是頭病得掉牙脫爪的老虎，雷純不見得會武功，狄飛驚這折頸漢武功也高不到哪兒去，只要天下第七能先敵住王小石，雷媚能制住雷動天，神油爺爺能纏住驚濤書生，他猝然發動攻襲，一舉殺了蘇夢枕，懾住人心，再出手擒住雷純，要脅全場，仍然可以扳回勝局，扭轉乾坤！

那時，他再來一個一個的報復：包括打擊蔡京！

他心下計議已定，殺性大起。

雷純卻忽然發話了：「神油爺爺，葉前輩。」

由於她的人文文靜靜，說話斯斯文文，甚易得人好感。

葉雲滅對這個女子原也有好感，更何況她在尊稱著他。

所以他「嗯」了一聲，算是相應。

雷純斯文淡定的說：「我知道，在當世六大高手：『多指橫刀七髮，笑看濤生雲滅』裡，雲滅神爺是個最耿直的人。要是神油爺爺葉雲滅也肯拉攏派系，成群結社，黨同伐異，排除異己，葉神油的勢力與實力，加上他原來的號召力，只怕比其他五大齊名高手還要強大多了——可不是嗎？」

葉神油又「嗯」了一聲。

這女娃子說的話倒中聽得很。

雷純抿嘴一笑，好像感到有點寒意，脖子往衣襖裡縮了縮，她身後的劍婢立即為她加了披氈。

「神油爺爺跟我們的供奉驚濤書生，向來都有些兒過節，這點我們是深知的。只不過，我們這次的行動，不止是『金風細雨樓』和『六分半堂』的交手，也是『風雨樓』新舊兩股派系的決戰，如果您老為驚濤先生而插上一把子手，那麼，就如同跟『六分半堂』、『象鼻塔』連同『金風細雨樓』蘇公子的支持者一併開戰……我知道神油爺爺一向樂於助人、好打不平，但為一個出賣自己人太多的白愁飛，葉爺要得罪了這麼多江湖上的好友，值得嗎？」

然後她又側了側頭，像隻靈靈的小貓，補充了一句：「何況，我們今晚的行動，已得到相爺的默許……神油爺爺若為了我們的吳先生而開罪了相爺，這，這划得來嗎？」

她轉向驚濤書生睞了睞眼睛，「驚濤書生」吳其榮只用濕布揩臉，並不答話，好像已把一切主權都交予雷純，聽憑她處理似的。

只聽雷純又道：「假使神油爺爺您沒這個意思要與相爺爲敵，何不聽小女子一言呢？」

「神油爺爺」葉雲滅其實壓根就不想得罪蔡京，他連「六分半堂」、「象鼻塔」、「金風細雨樓」裡任何一股勢力都沒意思要開罪。

他要幫白愁飛，只不過爲了兩個原因：一是他欠了白愁飛一點情，二是他要藉這個機會來對付他二十二年來的死敵死對頭吳其榮。

說來他的人相當倔強，但不見得十分膽大；脾氣可謂非常暴躁，卻不是一流勇敢。他很有堅持本領，卻沒機變能耐。而今局面急遽直下，他既不好意思離白愁飛而去，又怕自己雙拳難敵四手，更不想開罪對方那麼一大眾的人。

他正不知如何是好，卻聽得雷純這一番話，自然聽入了心。他還想聽下去。

雷純笑笑又道：「以我的看法，兩位不如對今晚的事，抽身不理，另外相約決鬥時間、地點，如兩位不棄，小女子倒可代辦此事，亦可作個仲裁。」

葉神油知道這是下台階，所以再不細慮，即道：

「如此最好，我就衝著相爺面上，跟姓吳的另約決戰之日！」

驚濤書生好像早已料著神油爺爺必會這樣說似的，聳了聳肩，攤了攤手，表示了他無所謂的態度。

雷純這邊廂語音方才一落，那邊廂的狄飛驚已忽道：「我知道你為何幫白愁飛了——識時務者為俊傑，你一向都是這種『俊傑』，而今在這狼子野心的人身邊不肯去，必有苦衷。」

他指的是「天下第七」。

「天下第七」陰著臉，他的臉色比雪意還寒，正伸手解下他背後的布包。

他的動作很緩。

很慢。

就像他所揹的是活著的、寵愛著的、不可大力碰觸的易碎的事物。

他沒有回答狄飛驚的話。

狄飛驚也不需要他的回答，他一逕把話說下去：

「白愁飛為奪指訣而發動的行動，但梅長老之死，卻是你一手造成的。長空一脈不聽命於朝廷，所以相爺命你逐一暗殺幫中大將，但有一次不小心陷於泥沼之中，梅長老卻救了你，但也因此無意中掀開了你布條中的兵器，發現你才是兇手，你就殺了他滅口。當時，也許是白愁飛曾助你一臂，你算是欠了他一個恩。」狄飛驚說到這裡，天下第七已有七次想向他出手，但都不成功，因爲雷動天已悄沒聲息的移動了七次方位，每次都恰好堵住他要出手的死角上。「不過，你最好得要留意，你至少還有個好處，不殺無還手之力的人，所以總算放過了小約兒，但是白愁飛這種人，你還了他一個情，他不見得會跟你講一次義氣。他連基本上的信義都不會有。」

天下第七雙眼發出了一種淬厲的寒芒來——他目中的寒火與蘇夢枕雖相近但不盡相同：

蘇夢枕雙目中的寒光，宛似生命已燃燒到了盡頭，最後發出來留戀的火花，還帶著點淒厲。

天下第七則不一樣。他目光的寒意像一把毒刃，活像要把人掰心刺殺，這才甘休，他的眼色裡透露著怨毒之意。

他寒颼颼的問：「我只想問你一句話。」他雖然目色怨狠，像對全世界的人都有著深深的恨，但較熟悉他的人——像曾跟他數度（非正面、正式）交鋒的王小石，卻感覺到天下第七已算是非常尊敬狄飛驚，不僅是非常，而且還是極度的尊重這個垂著頭的敵對派系領袖。

狄飛驚仍然沒有抬頭（或是根本抬不起頭，抑或是沒有能力抬起頭來），只道：「你問吧——你問的，我一定答。」

天下第七森冷的道：「你這消息是怎麼聽來的？」

他問這句話的時候，白愁飛也在狠狠的盯著狄飛驚——那樣子，就像有十冤九仇，使他恨不得、巴不得把對方一口吞進肚子裡去的樣子。

王小石知道白愁飛也在心裡問了這個問題。

狄飛驚掏出一方乾乾淨淨的白手絹，抹了抹嘴角，他的動作溫文淡定、安靜從容，令人好感，卻絲毫不會令人不耐：

「可以說是白愁飛透露的——畢竟，這種事，只有你和他二人共知……」

天下第七立即向白愁飛橫了一眼，眼裡發出寒匕越空的猝厲冰芒。

白愁飛忿然欲語，狄飛驚卻緊接著說：「但卻不是他親口告訴我的。」

天下第七即問：「誰還知道這件事？」

狄飛驚道：「梁何。」

天下第七詫道：「梁何？」

白愁飛慘然道：「梁何！」

狄飛驚：「這也難怪他。白老二知道跟你擁有共同的秘密，是件危險的事，但你是相爺身邊紅人，他不能除掉你，但又知你在相爺麾下得令，難保不殺人滅口，所以，他先把秘密告訴了身邊心腹，以留退路——萬一有一天你用個什麼藉口殺了他，他已叮囑梁何去相爺那兒告你一狀：你是爲滅口而殺他的。」

天下第七默然。

狄飛驚：「你不能怪他這樣防你——因爲你也確是這種人。」

天下第七道：「是的。——所以他爲防患我而告訴了梁何？」

狄：「他身邊雖然人多，但真正能信任的人確也不多。」

天下第七：「看來，他還是信錯了人了。」

狄：「這更不能怪梁何。要是你，有這麼一個動輒就殺人滅口、逆上背叛的主子，今日卻告訴了你許許多多的秘密，難道你會沒想過有一天會是什麼個下場？」

天下第七：「要是不夠堅強的，早都自殺了。」

「偏偏梁何是個甚爲堅強的人。」

「所以他只好先行背棄了他的主人。」

「他也是迫不得已。」

「所以他投靠了你，而且把白愁飛的秘密都告訴了你。」天下第七深深的望著狄飛驚，「而你在此時此地公然道破，用意一是把這秘密變成不再是秘密……？」

狄飛驚神態自若：「你武功再高，實力再強，也殺不盡今晚這許許多多的人。梅長老爲人正義，不少江湖子弟深受其恩澤，今日大家都知道你們做了這種事，總有一天，必會有正義之士爲梅長老來報這個仇。」

天下第七冷峻地道：「這是你第一個目的。第二個用意：是要離間我和白老二……他既然已變相的道出了我的秘密，我就沒理由幫他拒敵。」

白愁飛深吸了一口氣道：「到這地步，養兵千日，欲用無人，我還要什麼人爲我拒敵！」

說罷，他大聲慘笑了起來，語音淒厲，笑聲愴烈，猶似千年夜唱墳前冤，令人毛骨悚然。

一二三一　受挫反挫，遇強愈強

天下第七冷冷的道：「你錯了。」

「世間的事哪分對錯？」白愁飛狂傲反詰，「我成功的推翻了蘇夢枕，得權當政之時，多少人說蘇老大剛愎自用，應有此報，讚我當機立斷，實至名歸！而今，你們來個大包圍，我未能殺敵平亂之前，自然人人都指我錯。其實世間痴痴錯錯，又有誰知？你們說我錯，我可不服氣。難道我要束手待斃，等蘇夢枕先行收拾我，這才叫死盡忠心？我一生飽嚐敗北，但從不潰沮。我只知受挫便要反挫，遇上強敵便得要自己更強！我跟蘇夢枕是大恨深讎，跟你們這每一位促成我這樣子田地的，也一樣血海深讎，化解不了！」

「我不是說這個。」天下第七寒傲似冰的說，「我幫你，不是爲了要跟你共守秘密——若要與你同守秘，不如殺了你滅口——我是相爺吩咐來助你一把的。」

白愁飛倒震住了。

他是完全沒料到，這時候，這田地，還有人會站在他這邊。

而且這相幫的人，竟會是天下第七！

天下第七冷沉沉的說：「相爺覺得你野心太大了，權力慾望也太重了一些，而且，六分半堂與金風細雨樓的局面，還是交由女子來把持，總好調度一些，也統一一些。──但他卻無意要你死。」

白愁飛在極度失望中，已不大敢相信自己的耳朵：「你是說，義父他……」

天下第七這才在語氣裡帶點溫和：「你死了，可對他有什麼好處？他栽培你，也費了不少心力，就算是一條狗，可有無故把牠一棍子打死的事？他只要你知進退些、自量一點，別無他意。」

白愁飛眼角不由得有些濕潤了。

但他又隨即發覺了天下第七話語裡的一些「言外之意」：

「你是說……連『金風細雨樓』全歸雷純管？……蘇夢枕，他肯嗎？」

天下第七只淡淡冷笑：「你沒聽過『引狼入室』四個字嗎？」

白愁飛哈哈大笑起來，狀甚猖狂得意。

蘇夢枕沒有說話，甚至連眼也不眨。

王小石狐疑的望向雷純，又看向蘇夢枕，但都看不出一個端倪來。

「所以，」白愁飛向天下第七問，「只要我不戀棧這兒的權位，你便會與我並肩作戰？」

天下第七道：「我們向來裝作互不相識，合作愉快，相爺既然吩咐下來的，我沒理由不照著做。」

白愁飛狂笑了起來，笑看向狄飛驚道：「這樣看來，你的挑撥離間，已然失敗了。」

狄飛驚用手絹抹了抹鬢邊：「看來是的。」

白愁飛銜恨的說，「不過，你的話，使我白某恨死了一個人。」

狄飛驚用眼角一巡全場：「你恨的人可多著呢！恨你的人也是。」

白愁飛飲恨的道：「不錯。誰都恨我。我也恨遍天下人！但梁何是我心腹，他不該在此時此境出賣我，更不該在我當權得勢對他仍推心置腹的時候把我重大秘密外告，我恨死他了——我總要手刃他始能甘休。」

聽了他恨意如此深刻的話，人人不覺悚然。

獨是蘇夢枕忽爾說了一句：

「那麼說來，你對我呢？」他宛似事不關己、己不關心——他只像是偶爾觸及的問，「這樣說我豈不是該恨死你了？」

白愁飛笑容一斂：「你本來就恨不得我死！」

蘇夢枕忽問：「我們倆為什麼會這樣？」

白愁飛一愣：「什麼這樣？」

蘇夢枕道：「我們本不是一起結義、生死與共的好兄弟嗎？怎麼竟變成了世仇死敵，恨不得對方死，巴不得對方立毀自己眼前方才甘休的樣子！」

王小石聽了，也很感慨：「是的，我們原來是兄弟……」

白愁飛也恍惚了一下，喃喃道：「沒錯，我們是兄弟，但我們也是人。人與人之間相爭互鬥，本就是常事……」

王小石道：「只要放下了刀，何處不能成佛？你若不迫大哥於絕路，本來就天大地大任你走。」

「我是人，只求從心所欲，才不要成佛！天大地大？我最大！」白愁飛哼道，「路是我自己走出來的，不必求你們放行！」

「好志氣！」忽聽一個清脆的語音道：「所以我支持你。」

「妳？」

白愁飛望向雷媚，有點意外。

這時雷媚已恢復了女兒裝扮，好美，好清，好嫵媚。

「我跟你一道打出去。」

她說，以堅決的口氣。

「爲什麼？」白愁飛以他一貫的懷疑反問她，「跟我一道的路最險，妳可有的是坦途！」

「因爲我先背叛了六分半堂，刺殺了雷損，六分半堂已不能容我；」她說，帶著風雪淹沒不了清爽的笑容，「而我又背棄了蘇公子，並跟你一道造反……要是他在『金風細雨樓』重掌大權，你想他會容得了我嗎？」

「——看來除了你，這京城武林裡，是誰都容不了我、容不下我了。」

她向白愁飛嫵媚的說。

一下子，白愁飛又重拾了信心。

重燃了鬥志。

儘管四面都是他的敵人，但他仍有他的戰友：

至少他還有雷媚與天下第七！

◇◇◇

他負手望天。

王小石還待勸道：「二哥，你收手吧！你去跟大哥認句錯，也許，有一天，咱們還能三人聯手，再創新猶……」

話未說完，白愁飛已深深深深深深深深的吸了一口氣，忽然咄地大喝了一聲，叱道：

「我志在萬世功業，名揚天下，寧鳴而生，不默而死！」

此語一畢，他就發出了攻襲！

稿於一九九三年二月十七日：與龍眼肉、梁何看「棟篤笑」；今日中國出版社以「台龍」為名翻盜版「驚艷一槍」／十八日倩兒首次看完第一本中文小說：四大名捕震關東（「追殺」十「亡命」）；小豆丁全力猛攻續讀文藝小說；陳三來傳真激勵「無敵」；起居生活全然倒反；吳鹿其來FAX長信，可愛／十九日：恢復習武；「文聯」來信追詢出版合作事；生活顛倒，日以作夜；南洋商報連載「傷心小箭」擴大版面；「開心果」已全面閱讀入迷；遇溜狗夫妻；琁姑來早飯敘／二十日：重讀三十年前讀過之文藝小說；正文來FAX寫小方和國忠；首次早餐於北角街市並放生蟹；關貧賤來信可取；「小鬼頭」與「大眼嘢」大爭執幾暈；大陸某段訪問述及我武俠文字特性；文中俠傳真為「說英雄．誰是英雄」事提意見；稅局來函；接獲宋楚瑜先生來函。

校於一九九三年二月廿一日：溫、魚蛋仔、姑姑、淑儀、梁大鑊、榮仔、麒少同看「大迷信II」並聽「蘭花草」對我訪問錄音；「無敵小豆丁」讀完平生第一部文藝小說／廿二日：北京「武魂」雜誌刊出「淒慘的刀口」；中國友誼出版社印行我新書系列之海報宣傳廣告／「武魂」預告下期刊出我的「緊握刀鋒」；張繕發表「今之俠者溫瑞安」；漓江出版社鬼子約出版「遊俠納蘭」系列；起居生活又大顛倒；怡來詩社交文稿並小談；對師門之流言一一釋然／廿三日；慧慧安一口氣讀完「兇手」；廣西廖潤柏來FAX約出書；立忠酒泉來函報平安；腸胃不適；廿四日；恢復健康；大P特P；彈窮糧盡；老三大贈書予阿傻；受邀參加柏寧頓俱樂部／廿五日：羅蔔奶一口氣掃完「血手」；張兄上海來電，見「驚艷一槍」；儀能赴台；唐氏寶牛巨俠來信估中猜著。

第六章　一路拔劍

一一三　寧求鬥死，不願苟活

白愁飛突然撤退，往後直衝。

他背後當然有人。

這時候，整個局面，都如同對白愁飛展開了大包圍。

守在他背後的，是三名來路完全不同的高手：

楊無邪

莫北神

雷動天

◇◇◇

雷動天是「六分半堂」裡的大將，在每一次攻打「金風細雨樓」或「迷天盟」

的行動裡，他都身先士卒。當日，他在雷損總堂主領導下衝入紅樓，結果，雷損身殘，他留戰至最後一人，身負多處重創，養傷迄今，雷純才准許他重新披甲上陣。

他已久待陣戰，蓄銳養精，只求一戰，自然盡力而爲。

楊無邪是「金風細雨樓」最有暗權的人，因爲他掌握了樓子裡的一切資料。他也是蘇夢枕最忠心的幹部，這一輩子他從沒出賣過他。他雖爲「六分半堂」的雷純遣人在「漢唐傢俬舖」救走了他，使他不致於死於白愁飛派人追殺下，但他從未對雷純或狄飛驚俯首聽令。

直俟蘇夢枕重現眼前，他這才全力以赴，並決然不放過白愁飛。

莫北神則背叛過蘇夢枕。他替「金風細雨樓」掌管「無法無天」部隊，舉足輕重。要是雷損早一步收買他，說不定在「三合樓」之役蘇夢枕就得全軍盡墨。他背叛蘇夢枕是因爲無法忍受自己多年功績，卻敵不過蘇公子迅速拔擢白愁飛、王小石，他覺得自己日後若落在白愁飛這等人的麾下，不如早些叛了更好。

而今，他仍認爲他自己這個想法沒錯。現在要他對付白愁飛、他自然不遺餘地。

白愁飛想殺出一條血路，首先得要把這三人殺掉。

——無論是誰，就算是淩落石復生，楚湘玉重活，關七重現江湖，要立殺這三人，恐怕都不會是件易事！

三人一齊出招，反擊：

雷動天全身骨骼，勒勒震動，打出了他的「一雷天下響」、「二雷一心拳」、「三雷破勢步」、「四雷瞬發功」、「五雷轟頂」神功，他要把白愁飛炸掉、粉碎！

楊無邪使的是一種極溫和的武功，那就叫做「般若之心」的心法和「般若之光」的黃金杵，這種極溫和極溫柔的技法和心法，一旦遇上敵人的反擊，就可以發出極可怕極強大極無情的殺力，把白愁飛擊倒、擊垮。

莫北神用的是「大忍之刀」。他右手大關刀、左手斬馬刀，發出驚人尖銳的呼嘯，要當堂斬殺白愁飛，還要在狂憤的刀法下，把他剁成肉醬、肉碎！

白愁飛面對這三大高手，卻是如何突圍呢？

他？

他不突圍。

他反撲。

他一掠而上。

他如一隻白鶴沖天。

他一俯而下。

他像一隻巨鷹搏兔。

他躍過雷動天的轟雷，躲過楊無邪的般若心法，越過莫北神的不忍大刀——

他疾撲向一人：

他的大敵——

蘇夢枕！

他看準了蘇夢枕。

他認準了蘇夢枕。

——只要制住了蘇夢枕，這兒，至少會有三成的人都會聽他的，有三成的人不敢再動手，另外那四成的人，他自然對付得了！

他不甘心。

他不認栽。

他寧可鬥死，也不願苟活。

他不退反進。

他不逃反攻。

他要在強敵寰伺下，擒住蘇夢枕，或者，殺掉他。

——不管玉石俱焚，還是反敗爲勝，永遠勝過坐以待斃、束手就擒！

◇◇◇

這一下，誰都以爲他只求突圍逃逸，誰都沒想到他的反撲！

◇◇◇

也許，唯一想到的是狄飛驚。

他突然抬頭，目光如電——

但雷純立即搖頭。

狄飛驚眼光遲疑了一下，立即垂下了頭，全身爲真氣所鼓動漲滿的衣袂，立即又萎然垂了下來。

王小石正要攔阻，但天下第七已攔阻了他的攔阻。

另一個人也要出手。

「驚濤書生」吳其榮。

但「神油爺爺」葉雲滅也截住了他。

另外何小河、朱小腰都要出手。

可是還有一個雷媚。

和她的劍。

——「無劍之劍」。

二二四　但求壯死，不肯偷生

看來，這眼下，蘇夢枕只有以他自己的能力去對抗白愁飛的攻襲。

但他病得那麼重，傷得那麼不輕，他只剩下一條腿，他還能對付白愁飛嗎？

——不過，老了的獅子畢竟仍是萬獸之王，爛船也有三分釘，蘇夢枕會完全沒有抵抗的能力嗎？

◇◇◇

眼看白愁飛已掩撲近轎子，他三指彈天，就要使出殺手鐧，那在轎裡陰鷙冷沉無比的蘇夢枕忽然開口：

「你殺得了我！？」

白愁飛一怔，本想只施殺手，並不答話，但以蘇夢枕的份量，問出了那麼一句話，使他忍不住也禁不住回了一句：

「我殺不了你！？」

蘇夢枕隨即又加了一句：

「今天是我殺你，不是你殺我！」

「放屁！今天只有我殺你，沒你殺我的事！」

「你身陷重圍，已死定了，還想負隅頑抗!?」

「我身陷重圍，決不怕死，要死就一齊死！」

「我知道你是個求壯死，不肯偷生，但你所作所爲，只是自尋死路！」

「我是個求壯死，不肯偷生，我所作所爲，就是自尋死路！」

「放下吧，你大勢已去，活不出這兒了！」

「放下吧，我大勢已去，沒想活出這兒了！」

「你跟我拚，絕沒有機會贏。」

「我跟你拚，決沒有機會贏。」

「今日就是你的死期。」

「今日就是我的死期。」

「你自戕吧！」

「我自戕吧！」

說也奇怪，蘇夢枕那種沉鬱陰寒的語音，竟有一股奇詭的力量，使白愁飛一時忘了動手，且一句又一句的把蘇夢枕說的話語，在這要害關頭，一一接複下去，而且越說越失去了自己的本意。

並且，他在神志迷惚中，真有自戕之意。

就在這時，忽聽一嬌俏動人的語音大驚小怪的叱道：

「什麼事啊!?大白菜，你跟大夥兒鬧成這樣子!大師兄，你……你還沒死!?」

這正是溫柔的聲音。

這一來，白愁飛醒了。

全醒了。

且驚出了一身冷汗。

他幾乎喪了命。

而且還是喪在自己手上。

——不，是聽蘇夢枕之令而死!

那是什麼功力，竟不必動一根手指，已可令人爲他送命、心喪欲死!

原來溫柔和張炭，開始時是被圍困於白樓子上，但爾後局勢急轉直下，白愁飛已自顧尚且不暇，張炭便趁機帶溫柔下得搭來，往那一大班圍著的人堆裡潛去，卻驀然發現白愁飛目瞪口呆的跟著蘇夢枕有一句說一句，是一句跟一句，她甚覺詫異，便嚷嚷了出來。

一言「驚醒」夢中人！

白愁飛立時醒覺。

自拔！

——好險！

——竟差點毀在姓蘇的老狐狸手下了！

他這下再不打話，三指急彈，「驚蟄」一式，急射蘇夢枕。

但這一指，卻如泥牛入海。

不是蘇夢枕接住。

他沒有接。

他在轎內，甚至沒有動。

接的是王小石。

用他的劍鞘。

他已拔劍。

——拔出了他那把銷魂的劍！

◇◇◇

劍，是用來對付敵人的。

——可是眼前的人，卻曾是他的兄弟。

王小石是拔出了劍，但他殺不殺得了敵？對這個也是敵人的兄弟，他能不能使出他那絕世的劍招？

◇◇◇

他決不讓人一指加諸於蘇夢枕。

他唯有出劍。

◇◇◇

白愁飛反應好快：

他知道王小石來了！

他已不能一鼓作氣殺掉蘇夢枕！

所以，他要速戰速決。

他決意先殺：

王小石！

他猛返身，兩指一夾，拈住了王小石的劍！

他的手指就像是鐵鉗。

他另一隻手揮出了「三指彈天」中的第一式：

「破煞」！

王小石的劍給白愁飛雙指挾著——這雖然是一個事實，但不是一個定局。

以王小石在劍術上的造詣，他大可以他的利劍削去白愁飛雙指。

——削得斷嗎？

以白愁飛在「驚神指」（他變化另創自「長空神指」）的修爲，王小石要削掉他的雙指，當然也不是件易事。

問題是：

王小石也不忍使白愁飛斷指。

就那麼一猶疑間，白愁飛已用左手手指挾住了他的劍，右手揮彈出了「驚神指」裡三招威力最大的指功之一：

——破煞！

◇◇◇

使出了「破煞」，白愁飛已決心要立置王小石於死地。

王小石也知道，白愁飛已施展了「破煞」，他已是刻意要自己的命。

一二五　苟活不如痛快死

王小石迫不得已。

他已沒有別的選擇。

他唯有出刀。

相思刀。

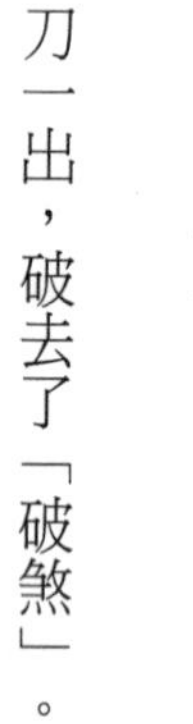

刀一出，破去了「破煞」。

白愁飛指意一變，正待施出「驚夢」。

他還未使出「驚夢」之指，便在這時，溫柔已衝了過來，一面大喊，一面阻止：

「——你們打什麼架！」

她不想也不忍見王小石和白愁飛衝突。

她在「白樓」上暈過去了，所以並不知道白愁飛對她做了什麼事，而張炭也不好意思仔細說明。

所以她幾乎是以爲白愁飛和王小石是因爲「爭奪」她而戰。

她覺得這樣不好。

她覺得自己是「紅顏禍水」。

她甚至認爲自己責無旁貸要勸這一場架，於是她便衝了過去——

她原以爲她只要一衝近「戰場」，王小石和白愁飛就會爲她而停戰。

她想得美。

不錯，王小石是立即住了手。

刀勢驟止。

但白愁飛沒有。

他一手扣住了溫柔。

王小石一見，心就亂了。

白愁飛趁機一扳指，奪得了長劍，劍鋒往溫柔脖子上一架，叱喝道：

「誰過來，我就殺了她！」

溫柔又驚又怒。

「你幹什麼——!?」

「啪！」

白愁飛摑了她一巴掌。

一時間，溫柔什麼話也說不出來，什麼話也說不下去了。

「誰阻攔我，我就殺了她！」

白愁飛邊退後，邊說。

他退得很慢，天下第七和雷媚自兩旁護著他。

看了蘇夢枕和王小石的臉色，人人都只得往兩旁散開。

——溫柔是蘇夢枕的小師妹。

——她和王小石的關係和情誼，誰都知道。

雷純一向外柔內剛，心狠手辣，但此際若驟然下決殺令，也不免有所疑懼：一因溫柔也是她的好友；二因她也不想蘇夢枕、王小石怨她一輩子；三因她也不想得罪洛陽溫家。

（怎麼辦呢？）

眼看白愁飛已慢慢退走。

（該怎麼辦呢？）

白愁飛已退近黃樓，梁何也望向雷純，等她下令，他知道今晚萬一讓白愁飛走得成，日後他的處境可危險了。

（可是該拿他怎麼辦！）

蘇夢枕冷笑道：「你不是說苟活不如痛快死麼？挾持一個女子以圖苟存，豈是英雄所爲！」

白愁飛毫不動容：「只要今晚我能離開這裡，我才不算苟活，我也可以保證你們會死的極不痛快！」

他一路挺著劍，橫眉怒目，邊退邊走。

忽聽天下第七沉聲向梁何叱道：

「你想偷襲！？」

梁何一怔：他可沒動手。

但天下第七已然動手。

他倏然解開包袱。

不是對梁何。

而是對白愁飛！

太陽！

——千道金光，彷似都在他手裡！

這千道太陽，一齊刺向白愁飛！

◇

白愁飛卻有提防。

他一向都有提防。

——經過今晚的事，他更事事提防、人人防範。

天下第七一動手，他的「驚夢」一指已拂了出去，剛好跟那「千道光華」一觸，互抵不動。

白愁飛吼道：「難道這都是義父吩咐的——!?」

天下第七沉聲道：「一個下了台的白愁飛，只會報復，還不如一個死了的乾兒子！」

兩人功力互抗不下，忽爾，倏地，驟然，白愁飛只覺右脅一涼，只見右脅穿過一把細細的、秀秀的、涼涼的、美美的劍尖，一閃不見。

他這才知道自己著了一劍。

著了雷媚的一劍。

劍已穿身而過。

穿心而出。

◇◇◇◇◇◇

中了劍的白愁飛呆了一呆、怔了一怔，狂吼了一聲：「啊……」

郭東神遽然收劍，俏麗一笑，嬌巧的身子如一隻雲雀，騰飛半空，翻上屋脊，在微雪狂風中消失不見。

一時之間，竟然誰也沒想到要阻截她，為白愁飛報仇。

這一剎間，白愁飛已明白了一件事：

在這兒，在今夜，在此際，誰都不是他的朋友，誰都出賣他……

這時候，他本來還有機會先殺溫柔的。但他沒有這樣做。他反而放開了她，讓她帶著驚惶失色閃了開去。

王小石馬上護住了她。

白愁飛捂著傷口，血汩汩流淌不止，他吟唱了幾句：

「……我若要鴻鵠志在天下，只怕一失足成千古笑；我意在吞吐天地，不料卻成天誅地滅——」

聲音啞然。

他忽然將手一拍。

拍在胸膛的箭尾上。

「噗」的一聲，箭穿破胸背，竟疾射入在背後梁何的咽喉。

梁何狂吼半聲，緊抓喉嚨，掙動半晌，終倒地而歿。

白愁飛慘笑，像傷盡了心，他緩緩屈膝、跪倒，向著蘇夢枕，不知是吟還是唱了半句：「……我原要——」

嗓音忽軋然而絕。

一二六　我活過，他們只是存在！

蘇夢枕第一個打破難堪的沉默，問：「他死了嗎？」

然後又諷嘲的笑笑：「他是死了的吧！」

他搖了搖頭，發出一聲長長的喟息：「他既然死了，很快便輪到我了。」

眾人一時未明他話裡的意思，蘇夢枕已清了清喉嚨，似要盡力把他的話說清楚，也要在場的每一個人都聽得一清二楚似的：

「我死了之後，金風細雨樓龍頭老大的位子，就傳給王小石，他大可把風雨樓與象鼻塔合併，一切他可全權裁定。」

雷純一聽，粉臉煞白，倒白得有些兒似白愁飛。

狄飛驚不驚不惶，不慍不火，嘴角有一絲隱約難顯的微笑。

王小石震詫地道：「大哥，你說什麼，你說這話是什麼意思嘛……」

蘇夢枕悠然反問：「小石，你以為雷純會那麼好惹，不報父仇，卻來助我恢復大業嗎？」

雷純臉色一變，叱道：「公子，難道你忘了咱們的約定嗎？」

蘇夢枕淡定的道：「就是沒忘。」轉首向王小石道：「她是救了我。但她用了一種絕毒，叫做『一支毒鏽』，這是一種滅絕人性的毒，她叫樹大風下在我身上。我雖察覺，但人在她手中也無計可施。她知道我斷了腿，功力亦因毒力和病以致消減泰半，她便受蔡京之命，助我復位，她暗自幕後操縱，我只要稍不聽從，她日後便可名正言順纂奪我的權位。她這樣做，比殺了我更毒……」

雷純忽爾道：「公子，你既不守信，我就只好請你聽歌了……」

她竟唱道：「……一般離緒兩消魂；馬上黃昏，樓上黃昏……」

蘇夢枕一聽，連臉都綠了，人也抖哆不已，卻見他猛然叱道：

「殺了！」

只聽「噗」的一聲，楊無邪的「般若之光」黃金杵，就擊在蘇夢枕天靈蓋上，啪的一聲，蘇夢枕的額上竟濺出紫色的血，他眼中的綠芒竟迅速黯淡了下去。

王小石大驚，戟指楊無邪；雷純失驚，尖聲道：

「你……!?」

她沒想到蘇夢枕求死之心竟如此之決，也沒想到下手的會是楊無邪。

蘇夢枕大口喘著氣，但立即阻止了王小石爲他報仇的行動：

「——這不關無邪的事。是我命令他的。我著了她的劇毒，只要她一唱歌，我就比狗都不如。我已決心求死，也決心要把金風細雨樓交給你，以發揚光大……」

王小石垂淚道：「大哥，你又何苦……!?毒總可以解的！」

「解不了的……」蘇夢枕苦笑道：「製毒的『死字號』溫趣，早已給她殺人滅口了。我活著，只生不如死，還會累你們受制……我病，斷腿，中毒，功力退減……人生到此，不如一死。世人對末路的英雄，總是何其苛刻絕情。我決不求苟延殘喘。我寧死，不受她和蔡京縱控……只要收拾了白愁飛，我也算死得不冤了！」

雷純忿忿的道：「楊無邪……他怎知……他怎會……？」

她一直監視著楊無邪和蘇夢枕的聯繫，認定蘇夢枕決沒有機會向楊無邪說明一切……她原想在今晚一舉定江山之後，不會讓他們二人再有這種「交流」的機會。

她一切都要等這次助蘇奪回大權之後，才慢慢圖窮匕現……

——卻是沒料……！

楊無邪苦澀的向蘇夢枕跪了下來，慘然道：「我今晚一見蘇公子，就知道了。我們不是吟了一句詩嗎？那是我們的暗號。樓主早就怕自已有這一天了，他早已設好了暗號，我聽到哪一句詩，就作出哪一種應變……這是我最不想作出的應變！……南無阿彌陀佛。」說到這裡，他垂眉合什，爲蘇夢枕唸起經文來。

「死並沒有什麼，只要死得其所！我已生無可戀，這是求死得死！我活過，大多數人只是生存！你大可不必爲我傷悲。」蘇夢枕向王小石道：「你已是『金風細雨樓』的樓主，你要承擔下來，你不要讓我失望……蔡京和雷純，始終虎視眈眈，你要……」

他招手叫王小石俯耳過來，細聲對他說了幾句話。

雷純沒有阻止。

她已阻止不了。

因爲她看得出來：

在楊無邪以一種出奇平靜的語調唸經之際，蘇夢枕，這一代絕世梟雄，已快死了。

這使她想起：當日電損命喪前，曾跟她耳語的那一幕。

她偏過頭去，信手抹去眼角邊上的一滴淚，忍住激動，問狄飛驚：「你有什麼感想？」

狄飛驚仍低著頭，彷彿對自己的影子遠比一切活著的人還感興趣：

「人生下來不是求諒解與同情的。一般成功的人活著是去做該做的事，但有些人活著是要做最該做的事，並且只做該做而別人不敢也不能做到的事。」

然後他說：「蘇夢枕就是這種人。他做不到、做不來的時候，他寧願選擇了死亡……」

雷純略爲有點浮躁與不安：「我不是問這個。——今晚我們該不該與王小石對決？」

「只怕對決只對我們不利，人心俱向王小石；」狄飛驚的回答也很直接：「人在危難時，就當扶一把；人得志了，就該讓他走。知道進退，可保平安。王小石很幸運，但他的鬥爭還沒有完呢……」

他說著，一失神間，白色的手絹讓風給吹走了。

風很大。

雪飛飄。

手帕給吹得很高，夜裡看去，在眾雪花片片裡特別的白，就像白愁飛在施展輕功，越飄越高，越飄越遠……

——想飛之心，也許真的永遠都不死、不息、不朽吧。

一一七　暮鼓，晨鐘，紅魚，青磬……

這時際，趁著大風小雪，雷媚（郭東神）輕若飄雪般的飛逸到痛苦街尾的小廟裡。

陣陣鼓聲，如暮鼓敲起心裡的寧靜……

嬝嬝鐘鳴，似晨鐘搖響神魂的清醒……

廟裡有香煙氤氳。

雪意也氤氳。

青磬紅魚，蒲團幡帳，壇前端坐著一個星目月眉、臉如冠玉的玉面公子，半闔著眼的安然等候她來。

「辛苦了。」

這是他的第一句問候。

「得手了吧？」

這是他第二句問話。

雷媚笑笑。

很嫵媚。

「我殺了白愁飛。他沒防著我。他真以為我這個叛逆女子，已天下無處可容。他沒想到我還有你的懷抱可投……」

她輕撫方應看那張細緻的臉。

方應看一把摟住了她——用他那隻剛殺了無夢女的手。

雷媚發出一聲輕吟。

蕩人心魄。

「妳為什麼要叛白愁飛？」方應看用熱烈的唇去尋找她的衣香、體香、溫香，「妳真的完全是為了我？」

「誰知道？」雷媚依舊蕩氣迴腸、直可教人醉死的說，「也許我是個天生的反骨女人，我喜歡背叛，我以背棄人為樂……你也得小心，說不定我對你也——」

方應看笑了，一頭（至少用嘴）埋進她的胸脯裡，含糊的道：

「妳敢……！」

◇◇◇

她敢？

——她不敢嗎？

目睹王小石等人為重會蘇夢枕而狂喜、為蘇夢枕的死而慟哭，狄飛驚嘆息之餘，正指揮部下悄悄退卻。

——人心都向著王小石那邊，哀兵必勝，他可不想在這時候惹著王小石。

雷純顯然也不願意。

她悄然退走，雷動天仍在斷後，莫北神則為他們開路。

「六分半堂」在雷損歿後，非但不是一團散砂，反而更加組織嚴密，進退有度。

莫北神顯然很有點慚愧，所以脾氣非常暴躁。

他覺得自己對不起蘇夢枕。

——尤其在蘇夢枕逝世後，完全沒有了敵我之分，這種感覺就份外強烈。

楊無邪則留了下來。

他本來就不屬於「六分半堂」的。

——他生爲「風雨樓」而活，死亦是「風雨樓」亡鬼。

他跟郭東神是兩種人。

——雷媚不住的背叛，也許她天生就喜歡背叛。

——楊無邪有足夠的智謀與實力，作任何叛逆之舉，但他卻盡職盡忠。

雷純不免有些感嘆：

「白愁飛死了，這卻是他自找的。」

狄飛驚也有感慨：

「蘇夢枕死了，卻是死而無憾！」

雷純淡淡的道：「他有楊無邪這樣忠心的幹部，才可以死而無怨……我也有幸能有你這樣的戰友在身邊。」

狄飛驚垂著的頭顯然揚了揚眉：「雷總堂主一手栽培我，妳也一向待我甚厚……」

雷純拍著心口，吁了一口氣說：「這一次，我多怕你會穩不住、守不住，那時，我只好迫得與你爲敵，或者殺了你，那多不好啊……」

狄飛驚目光一閃：「——這一次？哪一次！？」

雷純不經意的說：「這一次：就是日間白愁飛約你上三合樓，勸你背叛我加入他的陣容的這一次啊——幸好你馬上回絕了，要不然，我們就是敵非友了……那真是件遺憾的事。」

狄飛驚驀然一驚：

——怎麼今天白愁飛曾私下找過我的事，她也一清二楚，瞭如指掌，難道她一早已……！？

他這一驚非同小可。

且不禁抬起了頭。

◇◇◇

驚是一種突然的醒覺。

他忽然想起了白愁飛所著的那一箭……

——那一箭，定必是傷了他的心，而且是傷得很傷很傷、很痛很痛，就算他還能夠活下去，心裡頭也定然很空洞很空洞的吧？

稿於一九九二年三月至一九九三年二月「自成一派」各路新秀高手大匯集、相激勵、猛增進時期。

校於九三年初小倩兒七來港終於進入「中文世界」並肩創新猶期間。

三校於九三年四月二日萬聲影視欲拍「小雪初晴」。

作者通訊處：香港北角郵箱 54638 號
作者傳真：（852）28115237

請續看《朝天一棍》

【武俠經典新版】說英雄·誰是英雄系列

傷心小箭（下）

作者：溫瑞安
發行人：陳曉林
出版所：風雲時代出版股份有限公司
地址：10576台北市民生東路五段178號7樓之3
電話：(02) 2756-0949
傳真：(02) 2765-3799
執行主編：劉宇青
美術設計：許惠芳
行銷企劃：林安莉
業務總監：張瑋鳳

初版日期：2021年12月新版一刷
版權授權：溫瑞安
ISBN：978-626-7025-19-2
風雲書網：http://www.eastbooks.com.tw
官方部落格：http://eastbooks.pixnet.net/blog
Facebook：http://www.facebook.com/h7560949
E-mail：h7560949@ms15.hinet.net
劃撥帳號：12043291
戶名：風雲時代出版股份有限公司
風雲發行所：33373桃園市龜山區公西村2鄰復興街304巷96號
電話：(03) 318-1378
傳真：(03) 318-1378
法律顧問：永然法律事務所 李永然律師
北辰著作權事務所 蕭雄淋律師
行政院新聞局局版台業字第3595號 營利事業統一編號22759935
©2021 by Storm & Stress Publishing Co.Printed in Taiwan
◎ 如有缺頁或裝訂錯誤，請退回本社更換

定價：290元 **版權所有　翻印必究**

國家圖書館出版品預行編目資料

傷心小箭（下）／溫瑞安 著. -- 臺北市：風雲時代，2021.11 - 冊；公分 (說英雄.誰是英雄系列)
武俠經典新版

ISBN 978-626-7025-19-2（下冊：平裝）

1.武俠小說

857.9　　110016733